FUSION FANTASTIC STORY

SOKIN 장편소설

재벌 작가

재벌 작가 3

SOKIN 장편소설

초판 1쇄 찍은 날 § 2017년 11월 17일
초판 1쇄 펴낸 날 § 2017년 11월 24일

지은이 § SOKIN
펴낸이 § 서경석

총괄팀장 § 최하나
편집책임 § 김경민
편집 § 이종식

펴낸곳 § 도서출판 청어람
등록번호 § 제387-1999-000006호
등록일자 § 1999. 5. 31
어람번호 § 제1-2800호

주소 § 경기도 부천시 부일로 483번길 40 서경B/D 3F (우) 14640
전화 § 032-656-4452 팩스 § 032-656-4453
http://www.chungeoram.com
E-mail § chungeorambook@daum.net

ISBN 979-11-04-91547-5 04810
ISBN 979-11-04-91484-3 (세트)

FUSION FANTASTIC STORY

SOKIN 장편소설

재벌작가

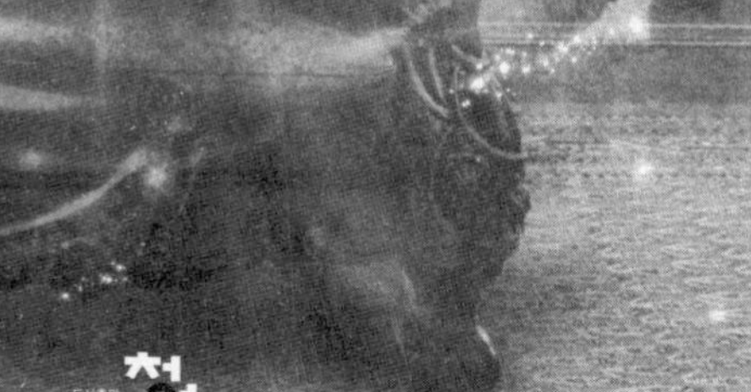

Contents

재벌작가

제1장

재벌 작가

판타월드.

N포털이나 K포털과 함께 국내 웹소설 시장을 삼분하고 있다고 해도 과언이 아닌 사이트였다. 그저 무협을 사랑하는 작가들의 작은 커뮤니티에서 시작해 매출만 몇백억을 자랑하는 사이트로 성장했다.

작가 친화적인 정책을 고수하는 것으로 유명하며, 자체 편집팀까지 가지고 있었다.

그런 판타월드 편집팀 소속의 '김수철'은 오늘도 사이트에 올라온 소설들을 살피느라 여념이 없었다.

"자유 게시판부터 살펴볼까."

자유 게시판.

출판 이력이 없는 신인 작가들이 글을 올릴 수 있는 공간이었다. 글이 일정 분량 쌓이면 일반 게시판으로, 출판 이력이 있다면 작가들이 연재하는 공간으로 글을 옮길 수 있다.

"흐음……."

시장이 커지면서 사이트 접속자 수도 가파르게 상승했다. 그만큼 올라오는 글의 양이 늘었다는 뜻이다.

금수저 물고 태어났다.

9서클의 재벌.

던전 가서 재벌 되다.

근래 판타월드를 사로잡고 있는 '재벌'이라는 키워드의 글이 한 편 건너 하나씩 눈에 띄었다.

"하나를 보면 비슷한 다른 것도 보고 싶은 법이니까."

그다음에 보이는 것이 소위 연예계물. 연예인이나 매니저가 주인공이 되어 인기 스타가 되는 내용이었다.

확실히 유료 결제 상위권에 있는 작품들과 비슷한 내용의 글들이 많았다.

"뭐, 재밌는 게 없나."

이 글, 저 글 살펴보던 김수철이 또다시 마우스를 클릭했다.

'재벌 작가.'

김수철이 클릭한 글의 제목이었다.

*　　　*　　　*

—아재개그: 또 재벌이냐? 지겹다. 지겨워.

—회귀남: 이거 초등생이 쓴 글임?

—1번가: 잘 보고 갑니다.

—묘안: 연참해 주세요!!

댓글을 읽어나가던 우민이 '피식' 웃음을 터뜨렸다. 댓글을 보는 것은 글을 쓰며 생긴 또 하나의 즐거움이었다.

"초등생이라니, 저 중학생입니다."

라고 댓글을 달고 싶은 걸 겨우 참았다. 몇 개의 댓글이 달리기는 했지만 아직 조회 수가 바닥을 기었다.

자유 게시판.

수많은 글이 우후죽순으로 올라오는 공간이라 그런지 조회 수가 쉽사리 올라가질 않았다.

"일반 게시판으로 옮겨달라고 해야겠다."

일정 분량이 쌓이면 일반 게시판으로 신청할 수 있었다. 쉽게 올릴 수 있는 만큼 쉽게 묻히는 자유 게시판과 달리, 약간의 진입 장벽이 있는 만큼 독자들에게 노출될 수 있는 기회가 많았다.

일반 연재로 옮겨달라는 신청을 하기 위해 메뉴를 클릭하던 우민의 눈에 쪽지함에 들어온 '1'라는 표시가 보였다.

클릭하여 들어가 보니 출판사에서 온 쪽지였다.

안녕하세요, '우민' 작가님.

알파 출판사 최경락입니다.

작가님의 작품을 너무나 인상 깊게 읽어 이렇게 연락을 드리게 되었습니다. 저희 출판사는 인기 작가인 환웅, 태진 님이 소속되어 있는 곳으로 지금까지 수많은 책을 안정적으로 출판해 왔습니다.

…

시간이 되신다면 차라도 한잔 마시며 작품에 대한 심도 있는 이야기를 나눠보고 싶습니다.

핸드폰: 010—xxxx—xxxx

"겨우 다섯 편밖에 안올렸는데, 출판사에서 연락이 오는구나."

글을 올리기 전 손석민에게 들었던 내용 그대로였다. 시장이 커진 만큼 경쟁이 치열해졌다. 그건 작가 간에도, 출판사 간에도 마찬가지다.

선인세가 없거나 30만 원에서 50만 원 정도로 계약서를 작성하면 되기에 리스크는 거의 없다.

최대한 많은 작가와 계약을 하는 것이 출판사에게도 이익이 되는 구조인 것이다.

그래서 몇 편 올라오지 않아도, 조금이라도 괜찮다 싶으면 바로 쪽지를 보내 계약을 종용한다.

"무슨 말을 하는지 한번 들어보기나 할까."

어쩌면 작품에 들어갈 소재거리를 하나 건질지도 모른다.

* * *

집 근처 커피숍으로 찾아온다는 말에 그러라고 했다. 창밖이 보이는 의자에 앉아 탄산수를 홀짝이고 있으니 가벼운 캐주얼 옷차림의 남성이 한 명 들어왔다.

그는 이내 주변을 두리번거리며 전화기를 들었다. 전화를 받은 우민이 손을 들자, 남자가 놀라움을 감추지 못하며 다가왔다.

"아… 재벌 작가 쓰신… 작가님?"

"네. 맞아요."

15살 남자아이의 평균키가 165다. 우민의 키는 170을 훌쩍 넘었지만 아무리 많이 보아도 17살, 그 이상으로 보이지가 않았다.

"아하하, 이렇게 어리실 줄은 정말… 상상도 못 했습니다."

"저도 가벼운 마음으로 쓴 글인데 출판사에서 연락이 올 줄은 생각도 못 했어요."

"혹시… 나이를 물어봐도 실례가 안 될까요?"

"15살이요."

15살이라는 말에 최경락이 입을 다물지 못했다.

"헉……."

최경락은 어떻게 해야 할지 빠르게 머리를 굴렸다.

"미, 미성년자시군요……."

미성년자는 계약의 당사자가 될 수 없다. 부모님을 만나지 못한다면 오늘 계약하지 못할 수도 있다.

하지만 이대로 돌아갈 수는 없다. 빈손으로 돌아갔다가는 팀장에게 한 소리를 들어야 한다.

놀라 말을 잇지 못하는 최경락에게 우민은 천연덕스럽게 웃으며 답했다.

"네. 헤헤, 제 글에 이렇게까지 관심을 보여주셔서 정말 깜짝 놀랐어요."

"혹시 집 근처면 부모님과 함께 나오실 수 있을까요? 계약을 하려면 보호자 사인이 필요하거든요."

"엄마는 지금 일하러 가셨는데……."

우민이 말끝을 흐리자 최경락이 손사래를 쳤다. 부모 이기는 자식 없다고, 이 친구를 잘 구워삶으면 계약이야 따 놓은 당상일 것이다.

그래, 일단은 이 친구가 혹할 만한 당근을 던지자.

"아, 그러시구나. 작품은 정말 재밌게 읽었습니다. 아직 어리신데도 불구하고, 필력이 상당하시더라고요. 기성 작가분들과 비교해도 정말 손색없는 글이었습니다."

최경락은 일단 칭찬으로 이야기를 시작했다.

*　　　*　　　*

사무실로 돌아온 최경락이 자리에 앉자마자 팀장이 다가왔다.

"계약은?"

"알고 보니 미성년자더라고요. 그래서 일단 완전히 구워삶아 놨습니다."

팀장도 놀라 되물었다.

"미성년자?"

"네. 올해 15살이었어요."

“그렇게 어리단 말이야? 어린 친구가 그런 글을 쓰고 대단하네. 그래서 우리랑 계약하겠대?”

“부모님과도 일단 통화했습니다. 연락 준다고 하더라고요.”

팀장은 혹시나 하여 물었다.

“설마, 그새 다른 곳에서 채 가지는 않겠지?”

“제가 누굽니까. 편집부 최 대리 아닙니까. 내일까지 연락 주면 계약금으로 100만 원 준다고 했습니다.”

100만 원.

비록 큰돈이라 할 수는 없지만 인기 작가들에게나 지급되는 선인세였다.

더구나 15살에게는 만져보기 힘든 큰돈.

“야, 백만 원이면 너무 센 거 아냐?”

“대신 인세를 4 대 6으로 낮췄습니다. 100만 원 준다니까 눈이 휘둥그레지더라고요. 내일까지 연락 줘야 100만 원 줄 수 있다고 해놨으니까. 바로 연락 올 겁니다.”

백만 원을 준다는 말에 화를 내려던 팀장이 4 대 6의 비율로 말했다는 소리에 환한 미소를 보였다.

“하하, 그래. 잘했다. 보니까 지금 퀄리티만 잘 유지된다면 꽤 짭짤할 거야.”

“건수도 하나 올렸는데, 오늘 끝나고?”

“한잔하자. 하하.”

팀장이 기분 좋은 웃음을 흘리며 자리로 돌아갔다. 자리에 앉은 최경락 대리도 계약할 만한 또 다른 작가는 없는지 인터넷 공간을 돌아다니기 시작했다.

*　　　*　　　*

집으로 돌아온 우민은 바로 손석민에게 전화를 걸어보았다. 손석민은 계약 조건을 듣자마자 버럭 소리쳤다.

—뭐? 4 대 6?

"네. 플랫폼 수수료를 제하고 작가가 4, 출판사가 6. 그것도 신인치고는 잘해주는 거라고 하던데요?"

—그거 완전히 뒤통수치는 조건이야. 요새 그렇게 계약하는 출판사 없어.

우민이 놀란 듯 되물었다.

"그래요?"

—알파 출판사에서 나온 최경락이라… 어디서 많이 들어본 것 같은데.

기억을 더듬던 손석민이 이내 이름을 기억해 내고는 말했다.

—아무래도 거기 예전 종이책 시장에서 판매 부수 속여서 작가들 등쳐 먹었던 곳 같은데.

놀란 우민이 반문했다.

"네? 작가들 등쳐 먹었다고요?"

손석민이 자신의 실수를 깨달았는지 말을 순화했다.

—그, 그러니까, 판매 부수를 조작해서 작가들에게 지급돼야 할 인세를 적게 지급했다는 말이지.

우민도 작가다. 같은 작가를 등쳐 먹었다는 말에 살짝 분노가 일었다.

"쯧쯧, 나쁜 아저씨들이네요."

전화기 너머로 손석민의 씁쓸한 목소리가 들려왔다.

—뭐, 작은 시장에서 먹고살려다 보면… 하지 말아야 할 짓도 하게 되는 법이지… 그건 그렇고 우민이 네 글 제목부터 임팩트 있고 좋더라.

"하하, 재벌 지겹다는 사람들도 많던데요?"

—몇몇 소수의 의견일 뿐이야. 댓글을 남기지 않고, 그저 묵묵히 네 글을 봐주는 독자가 더 많다는 걸 기억해. 대신 재미가 없으면 그런 독자들도 떨어져 나가니까. 항상 명심하고.

"'재미'가 중요하다. 명심하고 있습니다."

—물론 그게 가장 어려운 법이지만.

손석민과의 통화를 끊은 우민이 다시 컴퓨터 앞에 앉았다.

* * *

한국을 떠난 지도 벌써 1년. 자신을 기억하는 사람이 없을 거라 생각했다.

하루가 다르게 성장한 자신의 모습 때문인지, 아니면 쏟아지는 미디어 홍수 속에 이미 잊혀서인지 자신을 보고도 그 '이우민'을 떠올리는 편집자는 없었다.

순수문학계와 장르소설계를 구성하는 인원이 다르다는 것도 한몫했다.

그렇게 약속을 잡아 만나본 출판사만 7군데가 넘는다.

몇몇 양심 있는 출판사들은 손석민이 말했던 작가 7, 출판사 3이라는 평균적인 조건을 제시하는 곳도 있었다.

때로는 작가 6, 출판사 4나 5 대 5를 제시하는 곳도 있었지만 작가 4, 출판사 6을 제시하는 곳은 없었다.

"거기가 최악의 출판사였어. 그런 출판사를 찾아다니면서 마치 도장 깨기 식으로 출판사들을 처리하는 에피소드도 넣어볼까. 흐흐, 이놈들 맛 좀 봐라!"

우민은 그간 출판사들을 만난 경험을 에피소드로 추가했다. 그렇게 하루에 적게는 만 자, 많게는 이만 자의 글을 쏟아냈다.

심도 있는 고민이나 깊은 사색보다는 의식의 흐름을 따라 타자를 쳐나갔다. '2만 자'면 4편, 25편이 한 권 분량이니 일주일에 한 권을 써 내려간 꼴이다.

2권 정도의 분량이 쌓였을 때 판타월드에 올라간 글은 10편 정도. 서서히 독자들의 반응이 오기 시작했다.

—아미고: 작가님, 연참 안 하시나요? 유료 결제로 가시고 연참 부탁드립니다.

—부아앙: 200원 해도 결제할 테니 유료하고 연참 가시죠.

아직 10편에 불과한데도 유료 연재로 바꿔달라는 댓글들이 달리기 시작했다.

그만큼 인기가 있다는 뜻.

폭발적인 조회 수가 바로 그 증거였다.

첫 편 프롤로그 조회 수 21,211.

마지막 편수인 10화의 조회 수가 21,043.

글에서 이탈하는 독자 수가 없었다. 연독율(연속해서 글을 읽는 독자 비율)이 99%에 달했다.

게다가 지금까지 판타월드에서 나왔던 그 어떤 작품보다 역대급 기록을 남길 것이라는 소문이 무성했다.

그리고 11화를 업로드했을 때 판타월드 TOP 100에서 당당히 1등을 차지했다.

*　　　*　　　*

집으로 돌아오는 내내 우민은 핸드폰에서 눈을 떼지 못했다. 옆에서 카타리나가 재잘거렸지만 들리지도 않았다.

철컥.

소리가 나며 우민의 앞에 지하철 개찰구의 가림막이 나타났다. 옆에서 지켜보던 카타리나가 한심하다는 듯이 말했다.

"야, 앞이라도 보면서 걸어. 뭘 그렇게 재밌게 보는 거야?"

카드를 찍은 우민이 답했다.

"웹소설."

소설이면 소설이지 웹소설은 무슨 말인가. 자신이 알기로 그런 영어 단어는 없었다.

"Web Novel?"

우민은 개찰구를 지나 다시 핸드폰 화면에 집중하며 답했다.

"한국에서 유행하고 있는 글의 형태야. 너도 읽어보면 재밌을 거야."

"뭔데, 뭔데?"

카타리나가 우민의 핸드폰 쪽으로 머리를 들이밀었다. 향긋한 샴푸 향이 우민의 머리를 어지럽혔다.

당황한 우민이 재빨리 말을 이었다.

"너도 한번 써봐. 로맨스 소설 쪽 쓰면 꽤나 잘될 것 같은데?"

"그럼 네가 편집자 역할 해줄 거야?"

편집자 역할이라… 공저는 아니라도 편집자 정도라면 충분히 가능할 것 같았다.

"그러지 뭐. 대신 내 성격 알지? 돌려서 말 안 한다. 아주 아플지도 몰라."

"이미 충분히 아프고 있어."

약간은 씁쓸해하는 표정. 카타리나는 재빨리 표정을 숨기며 말을 이었다.

"그러니까 걱정하지 않아도 돼. 그렇게 해주는 편이 글의 완성도를 위해서도 도움이 될 테니까."

이미 우민은 고개를 돌리고 핸드폰 화면을 보고 있었다. 뭐가 그리 재밌는지 피식거리는 웃음을 멈추질 않았다.

"…하아, 내 말을 듣고 있긴 한 거니?"

집으로 들어갈 때까지도 우민의 대답은 들리지 않았다.

*　　　*　　　*

방으로 돌아온 우민은 바로 컴퓨터 앞에 앉았다. 각 포털 사이트에서부터 소설 연재 전문 사이트인 판타월드까지 살펴보았다.

확실히 손석민의 말대로 플랫폼별 특징이 있었다.

K포털은 연령대가 어렸고, 판타월드는 30대 이상의 독자가 주 이용층으로 보였다.

N포털은 대부분의 상위권 작품들이 판타월드와 겹치는 걸로 봐서는 비슷한 연령대가 이용하는 것으로 보이나, '투데이 소설'이라는 별도의 서비스가 존재했다.

그곳에서 상위권에 있는 건 로맨스 소설. 여성 이용자가 많다는 증거였다.

판타월드: 연령층 30대 이상. 무협, 판타지가 주류.

K포털: 연령층 10대, 20대. 게임 판타지.

N포털: 연령층 다양. 주류 로맨스. 이북 서비스는 판타월드와 겹침.

각 사이트들의 특징, 장점을 정리한 우민은 아직 보지 못한 상위권의 글들을 살펴보았다.

확실히 자신이 쓰던 소설과는 '결'이 달랐다.

연령대는 다르지만 다들 '핸드폰'을 통해 글을 본다. 즉 아무 때나, 아무 곳에서나 빠르게 읽을 수 있는 게 중요하다.

또한 편당 결제라는 시스템상, 한 편 안에 기승전결이 있어야 한다.

책 한 권의 분량으로 평가받는 종이책과 같다고 생각해선 안 된다. 여기서는 오천 자 분량의 한 편, 한 편으로 평가받는다.

"호흡은 짧게, 문체는 간결하게. 그리고 이야기는 재미있게."

자신이 이미 읽어본 판타지 소설인 마법사 해리나, 반지의 제왕과 비슷하게 써서도 안 된다.

여기는 여기 나름의 법칙이 있는 곳이다.

"먼저 판타월드에서 시작하는 게 좋겠어."

살펴보니 그곳이 신인 작가의 등용문 역할을 하고 있었다. 자신은 장르문학계에서는 신인. 신인의 자세로 글을 써보고 싶었다.

이름값이 아니라, 실력으로 평가받고 싶었다.

도전해라, 경험해라, 실패해라.

릴리의 말이 생각났다. 인기를 얻지 못하면 또 어떠하랴. 이미 '아프리카 아이들'을 통해 상당한 수입을 벌어들이고 있다.

작품의 성패에 날을 세우며, 매달리는 과거는 지나갔다. 우민에게도 재밌게 글을 쓸 수 있는 여유가 찾아왔다.

*　　　*　　　*

침대에 누워 핸드폰 화면만 바라보기를 벌써 한 시간째.

유민아는 우민의 야속함에 입술을 질끈 깨물었다.

"나쁜 놈……."

도대체 뭘 하고 있는 건지 미국에서 돌아온 뒤로 연락 한 통이 없었다. 우민에게 뒤처지지 않기 위해 필사적으로 노력했다. 연기를 하는 틈틈이 영어를 공부하며, 학교 공부도 소홀히 하지 않았다.

혹시나 '글'을 쓰는 우민이 멍청하다며 자신을 싫어하지 않을까 하는 걱정 때문이었다.

그렇게 열심히 노력했는데. 누구 때문에 코피까지 쏟아가며 공부했는데. 속절없이 밀려오는 섭섭함에 눈물까지 찔끔 날 정도였다.

"혹시 옆에 있던 그 친구 때문인가……."

물어보고 싶은 말이 산더미 같았지만 자신을 예전의 떼쓰는 아이라 생각할까, 쉽사리 물어보지 못했다.

1년여 간의 멀어짐이 마음속에도 거리감을 만들어냈다. 몸이 멀어지면 마음이 멀어진다는 말이 절절히 가슴속에 와닿았다.

—전화기가 꺼져 있어 소리샘으로 연결 중입니다.

—전화기가 꺼져 있어 소리샘으로 연결 중입니다.

아무리 전화를 해도 받질 않았다.

"안 되겠어."

우민이 방학한다는 소식에 6월부터 8월까지 스케줄을 전부 비워두었다. 지금 이 순간 같이 온 빨간 머리의 여자아이와 즐겁게 놀고 있다는 생각만으로도 심장에 아릿한 통증이 밀려왔다.

유민아는 황급히 BB크림을 바르고, 중무장한 채 집을 나섰다.

"엄마, 나 나갔다 올게!"

김혜은은 어디로 갈지 알고 있다는 듯이 그저 웃을 뿐이었다.

*　　　　*　　　　*

핸드폰은 진작 꺼두었다. 식사도 방 안에서 해결했다. 누군가 들어와도 신경도 쓰지 않았다.

색다른 글을 써나가는 재미에 흠뻑 빠졌다.

우민은 거의 잠도 자지 않고 시뻘겋게 달아오른 눈으로 컴퓨터 앞에 매달렸다.

타닥. 타다다닥. 타닥.

우민의 서재 전용으로 만들어진 방 안에서는 키보드 두드리는 소리만이 들렸다.

"이 블록에 있는 건물 전부 거래하겠습니다."

우민은 어린 시절 집이 없어 겪었던 설움을 모두 글 안에 담았다. 문학 소설에서 이런 내용을 쓰면 '말도 되지 않는 소리'라며 융단 폭격을 받을 것이다.

하지만 장르계에서는 아니다.

어느 정도의 개연성만 있다면 현실이라는 제약 따위는 가볍게 제쳐 버릴 수 있다. 오히려 대리 만족을 느끼며 칭찬받을 내용이었다.

자신이 쓰면서도 웃음이 나오는지 입가에 맺혀 있는 미소가 가시질 않았다.

"블록에 있는 건물을 전부 달라고 하다니, 이거 나중에 나도 해보고 싶은데."

가볍게 쓰는 글인 만큼, 대충의 얼개만 짜둔 채 빠르게 적어나갔다. 하루 종일 컴퓨터 앞에 매달려 이만 자씩 적었다.

판타월드 기준으로 4편. 25편을 한 권으로 치는 이 세계에서 1권 끝을 향해 가고 있었다.

"자, 다음에는 무얼 사볼까."

작중의 주인공은 조 단위의 돈으로 한두 채의 집이나 건물이 아닌 블록 자체를 통짜로 거래하겠다며 부동산 업자를 찾았다.

당황한 부동산 업자가 어버버거리며 말을 잇지 못했다.

현실이라면 일어나지도, 일어날 수도 없는 일.

하지만 우민의 소설 속에서는 가능했다.

*　　　　*　　　　*

띵동. 띵동.

이미 박은영에게 말해두어서일까. 벨이 눌리자마자 문이 열렸다.

박은영이 걱정 가득한 얼굴로 모습을 드러냈다.

"민아 왔구나. 네가 우민이 좀 말려봐. 방에 들어앉아서 도통 나오지를 않아. 벌써 일주일이 넘었다."

"네?"

"미국에서 돌아온 뒤로 계속 이 상태야. 카타리나라는 아이도 방에 들어가서는 나오지를 않고, 이러다 둘 다 쓰러지겠어."

박은영의 말에 유민아의 동공이 더할 나위 없이 확장되었다. 둘이 방 안에 들어가서 나오지 않는다니. 이 무슨 말 같지도 않은 소린가.

황급히 신발을 벗어 던진 유민아가 우민의 방문을 벌컥 열고 들어갔다.

"너… 어……."

다행히 우려했던 광경은 펼쳐지지 않았다. 대신 언젠가 보았던 좀비 영화의 한 장면이 플레이되고 있었다.

"흐흐흐, 이번에는 비행기를 사볼까."

우민이 음침한 웃음을 흘리며 연신 키보드를 두들기고 있었다. 뒤따라온 박은영이 걱정스럽다는 듯 중얼거렸다.

"저러고 앉아 있은 지 이제 2주가 다 되어가는구나. 이러다 정말 무슨 일이라도 날까 걱정돼서… 아줌마 속이 다 타들어 간다."

"카타리나는… 어디에 있어요?"

박은영이 반대편에 있는 방문을 가리켰다. 유민아가 방문을 열고 들어가자 비슷한 증상을 보이고 있는 카타리나가 앉아 있었다.

"우민, 너 이 자식 맛 좀 봐라."

슬쩍 뒤로 가서 보니 소설을 쓰는 중이었다. 작중의 남자 주인공의 이름도 우민. 내용을 살펴보니 '우민'이라는 남자 주인공이 여자 주인공에게 매일같이 구애를 펼치고 있었다.

"호호호, 그래. 이래야지. 자고로 나처럼 인기 있는 소녀에게 매달리는 게 정상 아니겠어."

혼잣말을 중얼거리며 소설을 쓰는 그 모습이 결코 정상처럼 보이지는 않았다.

*　　　　*　　　　*

유민아가 몇 번을 불렀는지 모른다. 결국 안 되겠다 싶어 어깨를 잡고 흔들었다.

그렇게 겨우 우민을 거실로 불러냈다. 마침 카타리나도 방문을 열고 나왔다.

"우민, 이번 편 다 썼다. 검토해 줘."

또다시 유민아와 카타리나가 서로를 보며 '파직' 불꽃을 튀겼다. 박은영이 과일을 들고 오지 않았다면 실제 불이 나도 이상하지 않을 정도였다.

박은영이 한가득 걱정을 담아 말했다.

"우민아, 이것 좀 어서 먹으렴. 타냐, 너도 어서 먹어야지. 이러다 둘 다 쓰러지겠어."

우민은 과일을 한 점 집어 입에 넣었다. 그 순간에도 소설 생각을 하는지 멍한 눈빛에 초점이 없었다.

유민아도 걱정이 되는지 물었다.

"도대체 뭘 쓰기에 그렇게까지 하는 거야?"

제대로 듣지 못한 우민이 반문했다.

"으, 응?"

섭섭해진 유민아의 목소리가 차츰 작아졌다.

"뭘 쓰고 있기에 그렇게까지 정신을 놓고 있냐고."

"웹소설. 이거 생각보다 재밌네. 카타르시스가 엄청나."

"제목이 뭔데?"

우민은 대답하지 못하고 '큭' 웃음을 터뜨렸다. 대답하지 못하는 사정을 알고 있던 카타리나도 같이 웃었다.

둘만 공유하는 비밀이 생겼다. 질투심에 유민아의 입술이 샐쭉해졌다.

유민아가 재차 물었다.

"말 안 해줄 거야?"

카타리나가 대신 대답했다.

"왕자님, 왜 이러세요."

"응?"

"내가 쓰고 있는 소설이야. 한글로 썼으니까 너도 한번 읽어보고 말해줘."

"그, 그러지 뭐."

"너 알고 보니 한국에서 유명한 연기자더라? '구름이 그린'에도 출연했었다며?"

"그, 그런데 왜?"

"SNS에 내 글 보고 있다고 홍보도 해달라고."

서로를 견제하는 사이라 말할 수 없을 정도로 당당했다. 당황해하는 유민아에게 우민이 말했다.

"미안해, 누나. 제목이 유치한 것 같아서 말을 못 했어."

유민아의 궁금증이 커져갔다. 유치하다니, 도대체 제목이 뭐길래 저런 반응을 보이는 걸까.

박은영도 궁금한지 귀를 쫑긋 세웠다.

"재벌 작가."

"…으, 응?"

"현대 판타지물인데 판타월드에 한번 올려보려고."

자신이 모르는 용어 투성이였다. '현대 판타지'는 무엇이고 '판타월드'는 또 뭐란 말인가. 박은영을 보니 자신과 비슷한 심정인 것 같았다.

"뭐랄까. 시, 소설, 수필, 시나리오, 희곡, 설명문, 논설문, 연설문, 장르소설 등등 가리지 않고 소설을 써서 많은 돈을 버는 내용이랄까. 재벌이 여러 개의 기업을 거느린 것처럼 여러 분야의 글을 쓰는 주인공이 엄청난 성공을 거두는 이야기지. 어때, 재밌겠지?"

순간 박은영과 유민아의 시선이 우민에게로 향했다. 그리고 둘 다 같은 생각을 하고 있었다.

'그거 네 이야기잖아.'

우민은 그저 해맑은 표정으로 둘을 바라볼 뿐이었다.

*　　　　*　　　　*

알파 출판사 사무실.

팀장이 초조해하며 최경락을 불렀다.

"뭐야, 아직 그 꼬맹이한테 연락 없어?"

최경락이 눈을 피하며 답했다.

"그게… 아직……."

자신 없는 말투에 팀장이 고함을 질렀다.

"완전히 구워삶았다더니 어떻게 된 거야! 벌써 톱 10 작품 안에 들었잖아!"

최경락도 불안해하며 초조함을 감추지 못했다.

"아… 음… 제가 다시 연락을 해보겠습니다."

"어떻게든 잡아와! 이 작품 못 잡으면 각오해, 알았어?"

팀장의 엄포에 최경락이 황급히 전화기를 들었다.

—전화를 받지 않아 소리샘으로 연결합니다.

—전화를 받지 않아 소리샘으로 연결합니다.

—전화를 받지 않아 소리샘으로 연결합니다.

몇 번을 시도해도 끝내 전화는 연결되지 않았다. 전화를 받지 않아 소리샘으로 연결된다는 안내 음밖에 들리지 않았다.

*　　　*　　　*

방 안에 틀어박혀 글쓰기에 여념이 없던 카타리나가 기지개를 켜며 자리에서 일어났다.

"호호, 우민이 너는 평생 리나 뒤꽁무니를 쫓아다녀야 될 거다."

리나와 우민은 자신이 쓴 로맨스 판타지, '왕자님, 왜 이러세요'의 두 주인공 이름이었다.

판타지 세상으로 소환당한 우민은 자신이 살던 현실로 돌아가기 위해서 '리나'라는 여자아이의 사랑을 얻어야 한다. 그러면서 벌어지는 좌충우돌 사랑 이야기였다.

또 한 편을 작성한 카타리나가 인터넷 공간을 들어가 보았다.

"흐음, 아직 도전 리그라니… 그것도 인기작에 들지도 못하고. 이래서 정규 리그에는 언제 올라갈 수 있는 거야."

로맨스는 N포털이 강세라고 해서 도전 리그부터 글을 올려 보았다. 하지만 도통 순위가 올라갈 생각을 하지 않았다.

"어디 보자… 우민이 글은 순위가 어떻게 되나."

카타리나가 호기심에 판타월드에 접속해 보았다.

"으, 응?"

사이트에 접속하자마자 우민의 글이 눈에 들어왔다. 특히나 1이라는 글자가 눈을 시리게 만들었다.

*　　　　*　　　　*

판타월드 마케팅팀 소속 막내인 박호철은 매일 하는 일이 있다. 전날 방문자 수를 확인해 정리하는 것이다.

"어라? 요즘 무슨 일이 있나. 방문자 수가 급증했는데."

근래 성장이 정체기에 있었다. 일 방문자 수가 10만 명에서 더 이상 오르지 않았다.

마케팅팀의 고민이 깊어지고 있던 참이었다.

"12만 명이라… 이 정도 속도면 30만 달성도 무난하겠어."

방문자가 늘어난다는 뜻은 곧 성장하고 있다는 뜻. 박호철은 원인란은 일단 공백으로 넣고, 나머지 칸들에 통계치를 적어나갔다.

그리고 맨 마지막에 총평을 적었다.

〈상세 분석 요망〉

자신이 할 일은 정리까지다. 더 상세하게 원인을 파악하고, 결과를 도출하는 건 선임들이 해줄 것이다.

*　　　*　　　*

손석민은 출판사 소속 작가들의 성적을 확인하기 위해 각 포털 사이트에서부터 판타월드까지 순회했다.

"으음……."

판타월드에 접속하는 순간 손석민이 침음성을 흘렸다.

18편 연재에 편당 조회 수 오만. 더욱 놀라운 것은 연독율이었다.

연독율 99퍼센트.

분명 두 눈으로 보고 있으면서도 믿기지가 않았다. 판타월드 개발팀에서 조작하지는 않았을까 하는 의심마저 들었다.

하지만 우민과 아무런 끈도 없는 상황에서 그럴 일은 만무하다.

"아무리 우민이라지만 장르판에서까지 이 정도로 먹힌다니……."

이런 속도면 유료화를 가도 역대급 성적이 나올 것만 같았다.

"진짜 물건이긴 물건이야."

썼다 하면 최소한 '중박' 이상이다. 더구나 15살의 나이. 아직 더 얼마나 성장할지 상상조차 되지 않았다.

"이럴 때가 아니지. 김 대리. '아프리카 아이들'이랑 '울분', 한국어 번역판 출판 준비 어떻게 됐어? 우민이 한국 들어와 있을 때 출간해야 된다."

일하고 있던 김 대리가 걱정 말라는 듯 답했다.

"분부만 내리시면 바로 서점에 깔리도록 준비해 놨습니다."

"오케이. 이거… 타이밍만 잘 잡으면 한국에서도 대박 나겠어."

우민의 책 한국 유통권은 자신에게 있다. 이번에 올리고 있는 작품도 종이책은 자신과 하겠다고 구두계약이 되어 있었다.

잘 조합하면… 크게 한 방 터질 것 같았다.

* * *

카타리나가 우민의 방문을 벌컥 열어젖혔다.

"야!"

실핏줄이 돋아난 눈으로 글쓰기에 열중하던 우민은 고개조차 돌리지 않았다.

"야!!"

고함 소리에 우민이 타자를 멈추었다. 카타리나는 대뜸 본론을 꺼내 들었다.

"네가 검수해 주는 대로 하고 있는데, 왜 너는 1등이고 나는 도전 리그에서도 순위권 밖인 건데?"

"호박에 줄 긋는다고 수박 되냐?"

의미를 제대로 해석하지 못했다. 그러나 본능적으로 느낌만은 파악했다.

"뭐?"

"뭐긴 뭐야. 네가 미국인이기 때문이지, 전체적인 글 분위기가 한국인의 정서랑 안 맞아. 차라리 미국에서 출판을 해보면 잘될지도."

잔뜩 질투가 난 카타리나가 괜스레 트집을 잡았다.

"네가 검수했으면 한국에서도 인기 있어야 하는 거 아냐? 다 네가 검수를 제대로 안 해줬다는 증거잖아!"

완전히 몸을 돌린 우민이 눈을 부릅뜨며 말했다.

"그럼 제대로 검수한다?"

불현듯 엄습하는 불길함에 카타리나가 살짝 몸을 떨었다. 그러면서도 지지 않겠다는 듯 소리쳤다.

"그, 그래. 제대로 해줘!"

* * *

쾅.

카타리나의 두 눈이 생기를 잃었다.

벌써 다섯 번째 같은 편을 다시 쓰는 중이다. 정서가 다르다는 것은 공감하는 포인트가 다르다는 뜻이다.

물론 보편적인 감성은 존재한다.

우민이 강조하는 것이 바로 그것이었다.

"미국인들은 여기서 웃을지 몰라도 한국인들은 아니야."

"사랑을 느끼는 남녀가 어떤 상태일지 잘 생각해 봐. 하긴 네가 사랑을 알겠어?"

"매달리기만 하는 주인공은 매력이 없다. 여긴 너의 한을 푸는 공간이 아니라 독자들의 공감을 얻어야 하는 곳이야."

직설적인 화법으로 자신을 꾸짖었다. 하지만 포기할 수도 없었다.

그렇게 수정하여 올린 글에 서서히 반응이 오기 시작했다.

—작가님, 너무 재밌어요! 오늘도 좋은 글 감사합니다.

—매일 이것만 기다리고 있어요!

—작가님 다른 글도 읽고 싶은데 있다면 쪽지 주세요!

칭찬의 댓글들이 달리기 시작했다. 메일이나 쪽지함으로 팬레터까지 쇄도했다.

카타리나가 졸린 눈을 부비며 또다시 우민에게 원고를 들고 왔다.

"자, 여, 여기."

한 오 분이나 봤을까, 빨간색 펜으로 소나기가 우수수 내렸다.

"수정해."

다시 원고를 받아 든 카타리나가 자신이 방으로 돌아갔다.

*　　　*　　　*

지금까지 올라간 편이 20편.

이미 사이트 내에서 모든 최고 기록을 갈아 치우며 1위를 독주하고 있었다.

유료 전환의 시점이 다가오고 있는 것이다. 우민은 가장 계약 조건이 좋은 판타월드와 계약하기로 결정했다. 손석민은 섭섭할 법도 하건만 전혀 그런 내색하지 않고 우민의 결정을 따랐다.

오히려 보호자 자격으로 우민을 따라가 주었다. 계약 조건을 조율한 손석민이 다시 한번 주요 계약 사항을 읽어나갔다.

"8 대 2 조건으로 온라인 유통만 담당하는 겁니다. 단 K포털에 유통은 할 수 있지만 공짜 보기 이벤트는 할 수 없다."
공짜 보기 이벤트.
하루에 한 편 무료로 볼 수 있는 쿠폰을 독자들에게 지급하고 부담은 작가에게 전가하는 이벤트의 일종이었다.
"맞습니다."
계약서를 작성하러 오기 전 편집팀 김수철은 여러 차례 사전 조사를 해보았다. '우민'이라는 필명으로 쓴 전작은 없는지, 비슷한 문체의 다른 글은 없는지 찾아다녔다.
우민이라는 필명으로는 찾을 수 없었지만 이우민이라는 이름은 찾을 수 있었다.
계약이 마무리가 되자 눈치를 살피던 김수철이 조심스럽게 물었다.
"혹시… 이우민 작가님이 그 이우민 맞나요?"
손석민이 대신 고개를 끄덕였다. 우민도 굳이 아니라는 말을 하지 않았다.
놀란 김수철의 목소리가 한층 커졌다.
"달동네 아이들, 아프리카 아이들, 미국 도서 비평가상을 수상한 울분이라는 작품의 이우민 작가님이 맞다고요?"
손석민이 여유롭게 웃으며 답했다.
"네. 맞습니다. 다른 출판사 분들은 전혀 알아차리질 못하셨는데… 생각보다 조사를 많이 하셨네요."

함께 왔던 편집팀장도 놀란 눈치였다. 김수철이 입에서 침까지 튀겨가며 말했다.

"제가 평소에 순문학에도 관심이 많았습니다. 한국에 오셨다는 건 아프리카 아이들을 한국어판으로 출판하신다는 뜻인가요? 미국에서 베스트셀러에 올라가셨다는 뉴스는 봤습니다. 우와, 진짜 놀랍네요. 이우민 작가님을 이런 데서 뵙다니."

김수철의 흥분이 두서없는 말에서 여과 없이 느껴졌다. 우민이 대답할 새도 없었다.

"이거 마케팅에 써도 될까요?"

손석민이 먼저 우민을 바라보았다. 잠시 생각에 빠져 있던 우민이 고개를 끄덕이자 손석민이 대신 말했다.

"네. 좋습니다. 대신 마케팅 문구는 저희가 말씀드리겠습니다."

그렇게 계약이 체결되었다.

* * *

판타월드를 들어갈 때마다 최경락은 배가 아파 죽을 지경이었다. 분명 자신과 계약이 다 된 거나 마찬가지라 생각했다. 50만 원만 더 부를 걸 하는 후회에 밤잠을 설칠 지경이었다.

"유료화로 전환한다고?"

어느새 작품은 25편이 올라와 있었고, 유료화 전환 공지까지 떠 있었다.

그리고 메인 배너 창에 걸려 있는 광고.

미국 도서 비평가상 수상 이우민 작가의 신작!

재벌 작가.

광고를 보고 깜짝 놀란 최경락이 황급히 인터넷을 통해 이우민이라는 이름을 검색해 보았다.

<달동네 아이들의 작가 이우민, 미국행 결정>

<아프리카 아이들, 뉴욕 베스트셀러 점령>

<신작 울분, 미국 도서 비평가상 수상>

<15살의 젊은 작가, 미국 출판계를 점령하다>

등등의 뉴스가 눈에 띄었다.

"우민… 이우민… 우민… 이우민……."

이우민이라는 이름도 사실 잘 몰랐다. 알았다 해도 '우민'이 그 '이우민'일 줄은 정말 상상도 하지 못했다.

장르문학계를 멸시의 시선으로까지 보는 순수문학이다. 순수문학에서 이름을 날리는 작가가 장르계에 진출했다?

그것만으로 뉴스거리가 될 것이다.

불현듯 자신이 '이우민'을 만나 했던 말들이 생각났다.

어린 나이에 글쓰기를 잘한다고 기고만장하다가는 원 히트 원더로 끝난다.

옆에서 능력 있는 편집자가 케어를 해줘야 한다.

우리 알파 출판사에 바로 그런 능력 있는 편집자들이 즐비하다.

이건 완전 번데기 앞에서 주름 잡은 꼴이었다. 최경락이 부끄러움에 자리에서 고개를 숙였다.

* * *

작가 지망생인 이용민은 오늘도 판타월드를 들락날락거렸다. 다독을 핑계로 판타월드에서 매달 결제하는 돈만 10만 원이 넘는다.

하지만 지금까지 쓴 글이라고는 A4 두 장이 전부. 그것도 몇몇 설정을 잡다가 집어치웠다.

"오! 유료 넘어갔나 보네."

선호작으로 등록해 놓았던 작품 중 하나가 유료화로 넘어가 있었다.

클릭하여 들어가 보니 매일 2연참씩 벌써 일주일째였다.

"조회 수가… 이게 말이 되나."

유료 전환 첫 화 조회 수가 4만을 넘어섰다. 한 편에 100원이니 400만 원 꼴.

더욱 놀라운 건 마지막 편인 40편의 조회 수도 4만이라는 것이다. 독자들의 이탈이 전무하다는 뜻이다.

이용민이 마른침을 꿀꺽 삼켰다. 도대체 비밀이 무엇일까. 무엇이 이토록 독자들에게 어필하고 있는 것일까.

첫 화부터 정독하기 시작한 이용민도 빠르게 40편까지 읽어나갔다. 앉은 자리에서 미동조차 하지 않고, 2시간 동안 그 글만 읽었다.

끝까지 읽고 난 이용민도 마지막 편에 댓글을 남겼다.

—2연참도 부족합니다. 3연참 해주세요.

이미 달려 있는 댓글만 400개.

거기에 또 하나의 댓글이 추가되었다.

제2장

건물주 작가

우민의 책이 출간된다는 소식에 유민아는 서점을 찾았다.

"…이건 뭐, 이제 내가 홍보해 줄 필요도 없겠네."

이미 서점 입구에서부터 입간판이 세워져 있었다. 서점 안으로 들어서자 사람들이 가장 잘 보이는 곳에 우민이 쓴 책들이 쌓여 있었다.

그렇지 않아도 죽어가는 출판 시장.

'노벨상'까지 거론하며 대중들의 관심을 받았던 스타 작가의 귀환은 서점계에서도 핫이슈였다.

쌓여 있는 책들을 살펴보던 유민아의 귀로 재잘거리는 여성들의 말소리가 들어왔다.

“우와, 이거 이우민 작가님 신작이네? 그때 사진으로 봤었는데 엄청 잘생겼던데.”

“야, 잘생겼다뿐이니. 노래도 잘하잖아. 미국으로 가기 전에 냈던 음반 제목이 볼 빨간… 뭐였더라.”

“누나?”

“아! 그래, 그거. 나 그거 듣고 완전 뿅 갔잖아.”

치솟는 질투심에 그게 바로 자신이라고 할 뻔했다. 함께 있던 매니저의 만류로 겨우 이성을 유지할 수 있었다.

“지금까지는 글 쓴다고 해서 내버려 뒀지만 이제는 아니야.”

이우민 작가 신작을 세트로 구매한 유민아가 서점을 나와 바로 차에 올랐다.

“우민이네 집으로 가주세요.”

이미 몇 번을 갔던 길이어서인지 매니저가 익숙하게 차를 몰았다.

*　　　　*　　　　*

우민이 음침한 미소를 흘리며 책상 앞에 앉아 있었다.

“흐흐흐, 이제는 뭘 살까.”

글을 써 내려갈수록 어린 시절, 가난으로 인해 겪어야 했던 억압이 하나둘씩 풀려 나갔다.

배고파도 참아야 했다.

가지고 싶은 것이 있어도 참아야 했다.

놀림을 받아도 참아야 했다.

그렇게 참아만 왔던 시간들이 보상받는 것 같은 느낌에 글 쓰기를 멈출 수가 없었다.

두 시간가량을 앉아 또 한 편을 완성해 낸 우민이 기지개를 켰다.

"후아, 다 썼다. 새로운 편을 또 올려볼까."

판타월드에는 이미 4권 분량까지 올려두었다. 하루 2편씩 연재를 하느라 비축분은 빠르게 소모되었지만 그보다 빠른 속도로 글을 써 내려가서일까.

아직 비축분은 넉넉했다.

"이제 5만을 넘어섰구나……."

우민도 보면서 놀랄 정도였다. 한 편당 결제한 인원이 5만 명을 넘어섰다.

글을 살펴본 우민은 다음으로 쪽지함을 확인했다.

쪽지로 날아오는 팬레터를 읽는 재미도 쏠쏠했다. 그중 눈에 띄는 글이 하나 있었다.

안녕하세요, 이우민 작가님. 작가 지망생 이용민이라 합니다.

클릭하여 들어가니 한마디로 만나서 조언을 구하고 싶다는 내용이었다.

이용민만이 아니라, 총 3명 정도의 기존 작가에서부터 지망생까지 만나서 조언을 구하고 싶다는 말을 보내왔다.

"한번 만나볼까."

지금껏 장르소설을 쓰는 사람들은 한 번도 만나보지 못했다. 어떤 사람들일지 궁금하기도 했고, 자신이 고은석에게 아무 대가 없이 글쓰기에 관해 도움을 받았던 것처럼 자신도 도움을 주고 싶은 마음도 있었다.

"이제 얼마 뒤면 미국으로 다시 돌아가야 하니까… 안 되면 말고."

우민은 바로 답장을 적어 내려갔다.

* * *

우민의 집에 도착한 유민아는 문 밖에서 벨을 누르지 못하고 서성댔다.

집착하는 여자로 보지는 않을까.

괜히 귀찮게 해서 더 싫어하게 만들지는 않을까.

이미 카타리나라는 아이에게 푹 빠져 있는 건 아닐까.

수많은 걱정들이 머릿속을 헤집었다.

사랑이라는 숭고한 가치도 결국 '갑을' 관계를 바탕으로 형성된다.

지금 유민아는 철저하게 을. 우민이 갑이었다.

"그래, 결심했어!"

여기까지 와서 이대로 돌아갈 수는 없다. 유민아가 벨을 누르려 할 때 벌컥 문이 열렸다.

너무나 반가운 얼굴 우민이었다.

"어, 누나?"

어디 외출을 나가는지 청바지에 흰 티를 입고 있었다. 웬만한 연예인 뺨치는 외모 덕분에 단출한 차림새에도 불과하고 빛이 났다.

"너, 어, 어디 가니?"

집에서 글만 쓰는 줄 알았는데 외출을? 섭섭함이 물밀 듯이 밀려왔다.

"아, 작가들 모임 하는 데 한번 가보려고. 누나는 어쩐 일이야?"

여기까지 온 게 누구 때문인지 다 알면서도 물어보는 게 얄미웠다. 그러자 섭섭함이 서서히 분노로 변해갔다.

"책 나왔더라? 이제 시간 되지?"

"그, 그야 그렇지."

"한국으로 돌아와서 나랑은 한 번도 안 놀아준 것도 알고 있지?"

"…그, 그런데."

"오늘. 지금. 당장. 나랑 놀아."

유민아가 한 자 한 자 끊어서 말하자 위압감이 상당했다. 우민이 어쩔 수 없다는 듯 일단 고개를 끄덕였다.

* * *

선약을 깰 수도 없는 일.

그래서 합의한 것이 작가들의 모임까지 동행하고, 모임을 최대한 빨리 끝내고 나오라는 것이다.

약속 장소에 나간 우민은 먼저 양해를 구했다.

"그래서 오랜 시간은 못 있을 것 같습니다……."

바로 옆에서 유민아가 선글라스를 끼고 모임에 나온 사람들을 훑어보았다.

이런 처음 만나는 사람들은 잘도 보면서 자신에게는 연락 한 통 없었다는 사실에 샘이 나서 견딜 수가 없었다.

'스케줄까지 싹 다 비워놨는데 나한테는 연락 한 번 안 하

고, 이런 약속은 잘도 잡아?'

입술을 잘근잘근 씹으며 분을 삭이던 유민아가 좋은 생각이 났다는 듯 무릎을 탁 쳤다.

'흥, 이래 봬도 내가 인기 연예인이란 말씀이지.'

유민아의 생각을 전혀 눈치채지 못한 우민은 자신보다 적게는 여섯 살, 많게는 10살이 많은 사람들에게 열변을 토하고 있었다.

"맞아요. 가장 중요한 '재미', 그걸 어떻게 표현할지가 핵심이에요."

우민이 잠시 앞에 놓여 있던 탄산수를 한 입 머금었다.

"그러면 '재미'라는 것의 본질을 먼저 알 필요가 있어요. 누군가는 사랑 이야기를, 누군가는 복수물을, 또 누군가는 처절한 아픔을 재미로 느낄 수 있어요. 즉 사람들이 느끼는 재미라는 건 다양하게 나타날 수 있다는 뜻이에요."

경청하던 이용민이 물었다.

"그, 그럼 작가님은 어떻게… 쓰세요?"

"제가 생각할 때 '재미'는 다양하게 나타나는 만큼 어떤 이야기를 쓸지는 큰 상관이 없는 것 같아요. 저는 가독성을 높이기 위해 노력해요."

답변에 대한 질문, 그리고 또다시 답변과 질문이 이어졌다.

"가독성이라 함은……."

막 이용민이 또 다른 질문을 하려 할 때 옆에 앉아 있던 유민아가 쓰고 있던 모자와 선글라스를 벗었다.

맨 얼굴이 그대로 드러낸 것이다.

가장 먼저 반응한 건 이용민 옆에 있던 다른 작가였다.

"내, 내 말이 맞잖아. 유민아 같다고 했지?"

"헐, 진짜네. 진짜였어. 유, 유민아가 왜, 여기에."

"…예, 예쁘긴 정말 예쁘다."

우민을 만나기 위해 왔던 4명의 작가들 시선이 오로지 한 곳을 향했다.

방금 전까지 우민과 대화했다는 사실을 까마득하게 잊어버렸다.

유민아가 더없이 친절해 보이는 표정으로 천천히 입을 열었다.

"사인해 드릴까요?"

"저, 정말요? 여, 여기에 해주세요."

"저도 부탁드려도 될까요?"

"저도……."

작가들이 너도나도 손을 들며 사인을 부탁했다. 순간 우민이 꿔다 놓은 보릿자루 신세로 전락했다.

그런 유민아를 보며 우민이 살짝 고개를 흔들었다.

얼굴을 공개하고부터 카페 내에 사람들의 수군거림이 커져

갔다.

사인을 해주는 모습을 보아서인지 이제는 다가오려는 사람들까지 생겼다.

더 이상 이야기를 나누는 것은 무리다.

"하하, 오늘은 여기까지네요. 다음에 또 봬야 할 것 같아요."

우민의 말에 그제야 풀린 눈으로 유민아를 보고 있던 작가들의 눈이 정상으로 돌아왔다.

살짝 아쉬움이 보였지만 그보다 큰 흥분으로 가득 차 있었다. 자리에서 일어난 유민아가 먼저 손을 내밀었다.

"만나서 반가웠어요."

한 명씩 악수를 나누자 작가들은 황송하여 어쩔 줄 몰라했다. 심지어 손에 묻은 유민아의 체취를 맡아보는 이도 있었다.

황당해하는 우민을 향해 유민아가 어깨를 으쓱해 보였다.

*　　　*　　　*

다시 매니저가 운전하는 차로 돌아온 유민아가 선언하듯 말했다.

"자, 그럼 이제부터 나랑 노는 거다."

체념한 우민이 대답했다.

"뭘 하고 싶은데. 하고 싶은 것부터 말해봐."

막상 말해보라고 하자 유민아가 쉽게 말하지 못했다. 답답해하던 우민이 먼저 입을 열었다.

"그럼 뽑기 방 가자. 요즘 그게 핫하다는데."

딱히 생각해 놓은 게 없었던 유민아가 황급히 말했다.

"그, 그래. 거기로 가자!"

지난날의 치욕을 씻기 위함인지 우민이 결연한 표정으로 뽑기 조이스틱을 잡았다.

막 집중하려는 찰나 뒤에서 수군거림이 들렸다.

"저기, 저기 유민아 아냐?"

"흐음… 맞는 것 같은데."

"대박, 남자 친구랑 왔나 봐."

"헐, 아직 17살인데 남자 친구일 리가."

"봐봐. 남자애도 엄청 잘생겼네. 요즘은 중학교 때부터 사귄다더라."

이미 유민아라 확신한 것인지 수군거리던 일련의 사람들이 서서히 다가오기까지 했다.

우민이 결국 조이스틱에서 손을 떼고 유민아의 손을 잡았다.

"나가자."

사람들이 말을 걸어오기 전, 결국 다시 차에 올랐다.

영화관을 가서도 마찬가지.

놀이공원은 생각도 할 수 없었다. 사람 많은 곳을 갈라치면 어디서든 유민아를 알아보는 사람들이 있었다.

"이 정도면 그냥 집으로 가야 하는 거 아닌가."

우민이 포기했다는 듯 말해도 유민아는 묵묵부답이었다. 발갛게 달아오른 얼굴로 아무 말도 하지 않고, 그저 손목을 쓰다듬고 있었다.

"누나… 누나?"

"으, 응?"

"하도 사람들이 알아봐서 이제 갈 데도 없는데, 그만 집에 갈까?"

"그, 그건 안 돼!"

"그럼 어디 가. 더 이상 갈 데도 없어."

이대로라면 집으로 가야 한다. 어떻게 얻은 둘만의 시간인데 그것만은 안 된다.

"노, 노래방. 요즘은 멀티방이라고 하더라. 거기. 거기로 가자!"

거기라면 사람들도 몰라볼 테고, 둘만 있을 수 있다. 한숨을 푹 내쉰 매니저가 다시 차를 몰았다.

*　　　　*　　　　*

변성기가 오는지 약간 허스키해진 목소리가 한층 매력적으로 들렸다.

유민아는 오랜만에 듣는 우민의 노래에 두근거리는 가슴을 어쩌지 못하고 가쁜 호흡을 내쉬었다.

'그냥 확 고백해 버릴까.'

그러기에는 자존심이 상했다. 혹여 거절당했을 때 견딜 자신이 없다.

'이 정도 했으면 이미 눈치챘어야 정상 아닌가. 아는 거야, 아니면 모른 척하는 거야.'

또 다른 노래로 유민아의 심장을 녹여 버린 우민이 마이크를 내려놓았다.

"자, 이제 누나 차례야."

막 다음 곡 전주곡이 흘러나왔다.

'우이씨, 답답해서 안 되겠어. 엄마가 알려준 방법을 써먹어야지.'

마이크를 잡은 유민아가 갑자기 허둥지둥거리며 말했다.

"어, 나 핸드폰, 핸드폰 어디다 놔뒀지. 오늘 회사에서 연락

온다고 했는데."

직업이 연기자라서일까, 확실히 연기력이 뛰어나긴 했다. 난감해하던 유민아가 우민에게 말했다.

"내 폰으로 전화 좀 걸어줄래?"

벽에 기대 앉아 있던 우민이 핸드폰을 들어 유민아의 폰으로 전화를 걸었다.

볼 빨간 누나~

우민의 음성이 멀티방 한 곳에서 흘러나왔다. 유민아 핸드폰의 벨 소리였다.

소리가 들리는 곳에 손을 내민 유민아가 능청스럽게 핸드폰의 앞면을 우민에게 내밀며 말했다.

"어, 찾았다!"

♡**우민**♡

핸드폰 앞면에 표시되고 있는 송신자의 이름이었다.

회심의 일격.

하지만 방어는 튼튼했다.

유민아가 핸드폰을 눈앞에 내밀자, 우민은 영문을 모르겠다는 표정이었다.

"찾았네."

그 말이 끝이었다. 그런 행동이 야속했지만 입술을 질끈 물고 참아냈다.

들떴던 마음이 빠르게 가라앉았다.

"가자."

"응?"

"집에 가고 싶어."

우민이 자리에서 일어나 말했다.

"어, 나 핸드폰 없어졌다."

유민아가 어이가 없다는 듯 중얼거렸다.

"방금 전까지 들고 있었으면서 무슨 소리야."

"진짜야. 어디 갔지? 누나 전화 한번 걸어줄래?"

"너 지금 나 놀리는 거지……?"

"무슨 말을 하는 거야. 정말 없어졌다니까. 진짜야."

약간의 연기가 가미되어 있었지만 유민아에겐 그걸 알아차릴 정신이 없었다. 우민의 반응에 혼란스럽기만 했다.

유민아가 알았다며 전화기를 들었다. 이내 신호음이 가고 우민의 발밑에서 핸드폰이 나왔다.

"어라, 여기 있었네."

능청스럽게 핸드폰을 집어 든 우민이 화면을 돌려 유민아에게 보여주었다.

엄마다음누나☆

‘엄마 다음? 그러면…….’

우민에게 어머니가 어떤 존재인지 옆에서 충분히 보아왔다. 그런 존재를 넘어설 생각은 없다.

그다음이 자신이면…….

유민아의 머릿속이 다시 핑크빛으로 가득 찼다. 식어가던 감정이 서서히 올라왔다.

“엄마 다음 누나로 저장했네?”

“응. 누나잖아.”

많은 의미가 내포되어 있었지만 유민아는 좋은 쪽으로 받아들였다.

가깝다.

자신과 가까운 건 좋은 일 아니겠는가.

* * *

신이 나 집으로 돌아온 딸을 김혜은이 흐뭇하게 바라보았다.

"뭐야, 좋은 일 있어?"

"당근이지!"

쪽.

기분이 좋은지 크고 나서 엄마에게 하지 않던 뽀뽀까지 해댔다.

김혜은이 좀 더 직접적으로 물었다.

"왜. 무슨 일인데. 우민이도 너 좋아한대?"

"엄마가 알려준 방법이 통했어."

김혜은이 답답하다는 듯 재촉했다.

"무슨 말이야. 자세하게 말해봐."

한껏 흥분한 유민아가 열변을 토했다.

"엄마가 말한 대로 내가 핸드폰 화면을 딱 보여줬지! 그런데 아무 반응이 없는 거야. 막 모른 척을 하더라니까. 아! 그건 지금 생각해도 울컥한다."

김혜은이 고개를 끄덕이며 열렬히 호응했다.

"그래서 그냥 집에 가자고 했지. 그랬더니 말이야. 크, 크크. 헤헤."

말을 하던 유민아가 갑자기 미친 사람처럼 웃음을 쏟아냈다. 김혜은의 궁금증이 한층 커졌다.

"말하다 말고 무슨 짓이야. 어서 말해봐."

"핸드폰이 없다면서 나한테 전화를 걸어달라는 거야."

"그래서?"

"그래서 걸었더니 뭐라고 저장되어 있었는지 알아?"

꿀꺽.

김혜은이 마른침을 삼켰다.

"엄마 다음 누나."

"으, 응?"

"어머님 다음 '나'로 저장되어 있었다고. 이 정도면 끝난 거 아냐?"

김혜은은 시원하게 김칫국을 마시고 있는 유민아를 답답하다는 듯 바라보았다.

하트, 좋아하는, 사랑하는 등등의 말이 많은데 왜 그렇게 저장했을까.

김혜은이 생각하기에 우민이 유민아를 정말 가족같이 생각하고 있기 때문이었다.

"그래, 끝났네. 끝났어."

다른 의미의 말이었지만 유민아는 한없이 기쁜 표정으로 김혜은을 끌어안았다.

"이제 안심하고 다시 스케줄 해도 되겠다."

혹시나 모를 가능성도 있기에 김혜은은 굳이 초를 치고 싶지 않아 조용히 유민아를 안아주었다.

*　　　*　　　*

벌써 방학도 두 달이 지났다.

우민은 연참도 아닌 '폭참'을 통해 이야기를 100화, 4권 분량까지 진행시켰다.

편당 500만 원에 75편을 곱하면 5억이 넘는 돈.

수수료를 제하고도 3억이 넘는 돈을 한 달 사이로 거머쥐었다. 물론 미국에서 팔린 우민의 종이책에 비하면 미미할지도 모른다. 하지만 책을 쓰고, 종이책으로 출간하는 등의 시간 대비 효율로 치면 유료 연재도 꽤나 장점이 많았다.

특히 가볍고, 빠르게 쓸 수 있다는 게 큰 장점이었다.

"이제 6권까지 마무리됐으니 분량은 이 정도면 됐고……."

우민은 인터넷으로 N포털 부동산 사이트에 들어가 보았다.

"주인공도 건물을 팍팍 사는데 나라고 가만히 있을 수야 없지."

이미 손석민을 통해서 빌딩까지는 아니더라도, 월세가 나오는 자그마한 빌라라도 알아봐 달라 부탁은 해둔 참이었다. 뿐만 아니라 소설에 부동산 거래 내용을 넣기 위해 많은 시간을 투자하여 서울의 건물 시세를 알아보았다.

경찰병원 근처가 가격도, 입지 여건도 괜찮았다.

"여기로 사야 하나."

10세대 신축 빌라 25억. 경찰병원역 도보 5분 거리.

가격대가 괜찮았다. 전세를 끼고 매매를 하면 가능할 것 같았다. 자신을 위해서도 어머니 박은영을 위해서라도 이런 건물쯤 하나 있으면 든든할 것이다.

"미국 가기 전에 사두려면… 빨리 움직여야겠어."

분량을 쌓아둔 우민이 어머니가 있는 안방으로 넘어갔다.

* * *

경찰병원 쪽으로 가는 차 안. 박은영의 걱정은 여전했다.

"우민아, 건물이라니… 괜찮겠어? 그냥 저축하는 게 낫지 않을까?"

사업 실패로 남편을 잃어서인지 오로지 저축만을 신뢰했다. 지금껏 우민이 벌어들인 돈도 모두 통장에 잠자고 있는 상황.

우민의 개인 매니저나 마찬가지인 손석민이 운전대를 잡은 채 말했다.

"걱정되시는 마음은 충분히 이해합니다만, 돈을 분산시키는 게 더 안전한 재테크 방법입니다."

손석민의 차분한 설명에 박은영의 반대가 약간 누그러졌다.

"계란을 한 바구니에 담지 마라. 많이 들어보기는 했지만…….”

“하하, 조물주 위에 건물주라는 말도 있지 않습니까.”

거듭된 손석민의 설득에 박은영도 말을 멈추었다.

* * *

막상 부동산에 도착하자 박은영의 걱정은 눈 녹듯 사라져 있었다.

오히려 한껏 흥분한 기색이 역력했다.

“어머! 우민아 여기 좀 봐봐. 건물 내부 인테리어가 너무 잘 돼 있다. 여기 월세가 얼마나 나온다고 하셨죠?”

“현재 6가구를 월세로 임대 주고 있는데 300만 원가량 됩니다.”

“300만 원… 이야. 우민아, 들었어?”

손석민과 대화를 하고 있던 우민이 맑게 웃으며 소리쳤다.

“네. 들었어요. 더 둘러보세요.”

돈이 없어 발품을 팔아 집을 구해야 하는 상황은 고역이지만 충분한 자본을 가지고 건물주가 되기 위해 살펴보는 일은 마치 백화점에서 쇼핑하는 것과 같다.

건물주.

누구나 꿈꾸는 사람이 된다고 생각하니 박은영은 절로 콧

노래가 흘러나왔다.

우민이 보기에 지난 세월을 통틀어 가장 즐거워 보였다.

손석민이 우민에게 귓속말을 전했다.

"어머님이 무척 즐거워 보시시네."

"하하, 오기 전에는 그렇게 무섭다고 하시더니."

"자식 돈 쓰는 게 미안하신 게지."

우민이 입술을 살짝 깨물었다.

"그러지 않으셔도 된다고 몇 번을 말씀드렸는데, 쩝."

"부모님 마음이야 다 그렇지. 그나저나 우민아."

손민석이 들고 있던 아이스 아메리카노를 한 모금 쪽 빨고는 말을 이었다.

"혹시 어디 가서 내 이야기 한 적 있어?"

우민이 영문을 모르겠다는 듯 되물었다.

"네?"

"아니. 얼마 전부터 출판사로 신인, 기성 가릴 것 없이 계약하고 싶다는 작가들 문의가 폭발하고 있어."

우민도 들고 있던 생과일주스를 한 모금 쭉 빨았다.

"딱히 그런 적이……. 아! 얼마 전에 판타월드 작가들 만난 적이 있어요. 그때 제가 이렇게 성공한 이유가 다 아저씨 덕분이라고 말하며 명함을 돌렸는데 그 일 때문인가……."

"세계에서 제일가는 편집자다, 이 편집자를 만나 일취월장했다 뭐 이런 말도 하고?"

우민이 어색하게 웃어 보였다.

"하하, 약간의 MSG를 가미했을 뿐입니다."

"…어쩐지. 지금 다른 출판사랑 계약돼 있는 작가들도 차기작은 우리랑 하고 싶다고 난리다. 너랑 끈이 닿고 싶은 건지, 정말 나를 그런 존재로 생각하는 건지……."

"어찌 되었든 제가 없는 소리를 한 건 아니잖아요. 8살 때부터 절 믿고 도와주신 일, 항상 감사하게 생각하고 있습니다."

우민의 갑작스러운 감사 인사에 손석민의 코끝이 찡해졌다. 머쓱한지 코를 쓱 문질렀다.

"그거야 계약이니까 하는 거지. 잘 도와주기는 무슨."

"아니에요. 아저씨가 저번에 말씀하신 것처럼 이번에 여러 출판사를 만나보면서 저를 등쳐 먹으려는 어른들도 많다는 걸 다시 한번 깨달았어요. 그리고 아저씨가 이렇게 해주는 것들이 얼마나 어려운지도 알았고요."

"녀석……."

손석민이 기특한 눈빛으로 우민을 바라보았다. 최준철 덕분에 알게 된 인연이었지만 지금껏 한 번도 소홀하지 않았다.

항상 도를 넘지 않으려 노력했다. 그런 과거에 대한 보답이 주어지는 것 같았다.

"아들! 다른 건물도 매물로 나왔다는데… 더 봐도 괜찮아?"

박은영의 말에 우민과 손석민이 이야기를 마치고 박은영의 뒤를 따랐다.

*　　　*　　　*

알파 출판사 편집부 팀장의 고함에 최경락의 목이 한껏 기어들어 갔다.

"이번에 완결 친 작가들 차기작 계약서 왜 안 들고 오는 거야!"

최경락이 애써 변명을 늘어놓았다.

"그, 그게… 자기들은 다른 쪽이랑 이미 계약을 했다고……."

이야기를 할수록 화가 나는지 점점 목소리가 커졌다.

"그게 어딘데? 도대체 어디다가 작가들 빼앗기고 사무실로 기어들어 와!"

"W 에이전시라고, 예전에 와이북스라고 합니다."

"거기 손석민 있는 데 아냐?"

"이… 이우민 작가도 거기 소속입니다."

팀장이 분을 참지 못하고, 발로 책상을 '쾅' 찼다.

"작가는 무슨. 우리 출판사 소속일 때나 작가지, 이거 완전

애새끼 한 명 때문에 작가들 다 뺏기고 손가락 빨게 생겼어."

팀장의 분노를 정면으로 받아내던 최경락이 조심스럽게 의견을 개진했다.

"일단… 정신 비율을 올려서 작가들 다시 잡아올까요?"

"너는 생각이 있는 거냐, 없는 거냐. 이 바닥 좁은 거 알아 몰라? 벌써 다른 곳이랑 정산 비율 서로 유지하기로 어느 정도 얘기 다 해놨는데 그걸 뒤집자고?"

얼마 전까지 술 한 잔 기울이며 덕담을 나누던 사이라 믿기 힘들 정도의 독설이다.

하지만 최경락에게는 익숙한 일상이었다. 팀장은 화가 나면 인정사정 가리지 않는다.

"그러면… 저인망식으로 작가 섭외할까요? 1편이라도 올렸으면 바로 쪽지 보내서 계약하자고 해보겠습니다. 특히 W 에 이전시 쪽 작가들에게는……."

최경락이 뒷말을 삼켰다. 화를 내던 팀장도 입을 다물었다. 둘은 암묵적으로 앞으로의 상황에 동의하고 있었다.

* * *

—안녕하세요, 박수천 작가님. 알파 출판사입니다. 작가님의 작품을 보는 순간 눈을 뗄 수 없더군요.

—안녕하세요, 이민규 작가님……. 작가님의 작품을 보는 순간…….

—안녕하세요, 만풍 작가님…….

최경락은 단 한 편의 글이 올라와도 계약하고 싶다는 쪽지를 보냈다.

업계 물정을 모르는 작가 지망생들 중에는 '출판사와의 계약' 자체가 자신의 글이 시장에서 인정을 받았다는 신호로 받아들이는 사람도 많았다. 특히나 사회 경험이 적은 어린 나이일수록 그런 경향은 더했다.

그런 저인망식의 작가 섭외 대상에는 W 에이전시의 이름표를 달고 있는 작가들도 다수 포함되어 있었다.

어느 정도 인지도를 쌓은 작가들, 그런 작가들에게 계약 조건을 무기로 유혹했다.

제3장

작가 겸 편집자

"사장님, 함수호 작가님이 이번 작품 계약 해지하고 싶다는데요?"

함수호.

완결 작품만 5질이 넘는 작가들 중 한 명이었다.

부하 직원의 말에 손석민이 의아해하며 입맛을 다셨다.

"그럴 리가… 이번 작품은 꼭 우리랑 계약한다고 그랬는데……."

"이상하긴 하네요. 우민 작가님 때문에 저희랑 계약하고 싶다는 작가님들이 늘어나는 상황에 자진해서 계약을 파기하겠다니……."

손석민도 이해가 안 되기는 마찬가지, 하지만 크게 신경 쓰지 않았다.

"계약금이 50만 원이었나? 그것만 입금시켜 달라고 해."

"사장님, 이러니까 우리가 호구 출판사 소리를 듣는 거예요. 계약 해지하면 위약금 받아야 하는 거 아니에요? 계약서에도 쓰여 있잖아요. 위약금도 안 받고 계약 해지라니요."

"함수호 작가님이 그렇게 잘나가시는 분도 아니고, 위약금 받아서 뭐 하겠어."

직원이 답답하다는 듯 한숨을 내쉬었다.

"에휴……."

"어디로 가실지는 모르지만 가서 잘되기나 기도해."

"흥, 저는 사장님처럼 마음이 넓지 못해서 계약 파기하고 떠난 작가님 잘되라고 기도하고 싶지는 않네요."

"하하, 그 건은 그렇게 처리하고, 이번에 계약하는 작가들 마케팅에나 신경 쓰자고. 잘나가는 작가들만 밀어준다는 말 듣지 않으려면 말이야."

평일 낮 시간, W 에이전시에서 벌어진 작은 해프닝이었다.

* * *

같은 시각.

함수호는 최경락과 집 근처 커피숍에 앉아 있었다.

“8 대 2에 N포털 공짜 보기 이벤트, K포털 대배너 약속하신 겁니다?”

“물론입니다. K포털 대배너 걸리기만 하면 한 달 2천 이상 보장되는 거 아시죠? 정말 잘 선택하신 겁니다.”

대배너.

수백만 명이 사용하는 K포털에서 가장 비싼 광고 중 하나였다.

“제가 장르판을 모르는 것도 아니고, 잘 선택했는지는 차차 맞춰 나가보도록 하죠.”

“정말 최선을 다해보도록 하겠습니다. 대신 그쪽에서 연락 오면 말씀드린 대로 일신상의 이유라고 말씀해 주세요.”

함수호가 미간을 찌푸렸다. 예전 와이북스 때부터 계약을 해왔다. 자신이 5질이나 작품을 완결할 수 있도록 해준 건 손석민의 도움이 컸다. 계약을 파기하는 것이 목에 가시처럼 걸렸다.

그럴 줄은 알았지만 계약을 파기한다는 말에 위약금의 ‘위’ 자도 꺼내지 않고, 순순히 응해주었다.

붙잡지도 않는 쿨한 행동에 한편으로는 다행이라는 마음이, 다른 한편에서는 섭섭함이 일었다.

"그거야 제가 알아서 잘 말해놓겠습니다."

"하하하, 맞습니다. 작가님이 어련히 알아서 잘하실 거라 믿습니다. 그럼 앞으로 잘 부탁드립니다."

계약이 끝나고 악수를 한 최경락이 자리에서 일어났다. 커피를 다 마신 함수호도 자리에서 일어나 자신의 원룸으로 돌아갔다.

벌써 33살.

군대를 다녀와서부터 글을 쓰기 시작해 여기까지 왔다.

시작하자마자 소위 대박이 났다.

군대를 다녀와 쓰기 시작한 소설이 인기를 얻으면서 대기업 수준의 인세를 받았다.

그러나 큰 성공 이후 자신감에 가득 차 내놓은 소설들이 내리 바닥을 기는 성적을 보였다.

"이번 작품은 꼭 성공해야 돼."

그렇게 말아먹고, 유료 전환조차 하지 못했던 작품이 세 작품.

어느새 몇 년이라는 시간이 훌쩍 지나 버렸다.

빠르게 소비되고 잊히는 것이 웹소설의 트렌드인 만큼 과거의 영광이 사라지는 데는 채 몇 년도 걸리지 않았다.

300만 원이 넘게 들어오던 인세는 곧 50만 원 정도로 쪼그

라들었고, 금전적인 압박은 조급함에 가득 찬 글만 양산했다.

연중에 대한 유혹을 수백 번도 더 받았지만 그때마다 자신을 잡아준 것이 손석민이었다.

글이 쌓이면 돈이 됩니다.

최소한 6권에서 완결 치세요.

거의 다 왔습니다. 이번 편만 쓰면 됩니다.

가끔은 친구처럼, 형처럼, 부모님처럼 질책하고, 조언해 주었다. 이야기의 전개가 막힐 때도 마찬가지였다.

"이럴 때면 편집자님의 조언이 '약'처럼 작용했었는데……."

그와 이야기를 나누다 보면 다음 전개가 술술 풀려 나갔다.

그의 해박한 지식과 장르 시장에 대한 이해가 지금껏 큰 도움이 되었다.

"아쉽지만 할 수 없지……."

하지만 '이우민'이라는 작가가 나타난 이후로, 전화를 해도 받지 않는 경우가 많아졌다.

담당 편집자가 바뀌었고, 조언의 질도 낮아졌다. 손석민에게 교육을 받아서인지 다른 출판사에 비해서는 괜찮았지만 예전만은 못했다.

그런 섭섭함이 쌓여 결국 계약 해지까지 왔다. 함수호는 아쉬움을 털어버리고 전의를 다졌다.

"이번 건 꼭 잘돼야 해. 반응도 차츰 오고 있으니까. 실수만 하지 않으면……."

올리고 있는 '회귀 마법사'가 슬슬 반응이 오고 있었다. 계약 조건도 괜찮았기에 유료 전환만 되면 다시 예전의 명성을 회복할 수 있을 것이다.

함수호는 다시 책상에 앉아 글에 집중했다.

*　　　*　　　*

실시간으로 반응을 볼 수 있다는 것이 웹소설의 장점이자 단점이었다.

우민은 오늘도 판타월드에 들어가 가장 먼저 정산 메뉴를 클릭했다.

"후훗, 이렇게만 유지하자."

일 결제 금액: 6,211,200

밤 12시부터 저녁 8시인 지금까지 결제된 금액이었다. 정산 게시판을 확인한 우민이 판타월드를 한차례 둘러보았다.

자신의 글이 유료 전환으로 빠져나가고, 그 자리를 차지한 '회귀 마법사'를 클릭했다.

"W 에이전시 소속 작가라 그런지 더 관심을 가지고 보게 된단 말이야."

당연히 손석민이 회사의 일거수일투족을 우민에게 보고하지는 않는다. 그래서 우민은 아직 함수호가 다른 출판사와 계약했다는 사실은 알지 못했다.

"어?"

우민은 '회귀 마법사' 게시판에 들어가자마자 뭔가 이상했다. 30개에서 50개 사이를 오가던 댓글이 오늘 올라온 편에서 100개 이상 달려 있었다.

"이벤트라도 하나……."

작가 개인이 이벤트를 하는 경우도 많기에 우민은 댓글부터 클릭해 보았다.

공업사: 이 작품도 노를 저어 산으로 가나요.

중랑시민: 나를 따르라! 산으로 가자!

결자해지: 이만 하차합니다.

투투: 작가님, 이번 편은 진짜 아닌 것 같습니다. 주인공이 현재 6서클의 마스터인데 겨우 소드 익스퍼트의 기사에게 당해 절벽으로 떨어지다니요. 기연을 얻기 위한 과정이라 하기에는 너무 답답합니다.

하차한다, 답답하다, 이게 뭔가요 같은 부정적 의미의 댓글이 가득했다.

정당한 비판도, 악의적인 비난도 작가의 멘탈을 흔들기에는 충분해 보였다.

"크음… 확실히 어색하기는 해. 이런 식의 진행이면 조회 수가 뚝뚝 떨어져 나갈 텐데."

같은 출판사라는 동질감에 우민은 한 번 더 찬찬히 글을 살펴보았다.

"댓글로 남기는 건 좀 그렇고… 쪽지를 한번 보내볼까."

괜한 오지랖일 수도 있지만 한번 부려보기로 했다. 고은석이 도서관에 앉아 책을 읽는 자신에게 부렸던 오지랖처럼 지나치지 않을 정도로 최대한 정중하게 자신이 생각하는 바를 적어나갔다.

*　　　*　　　*

느닷없이 달려 있는 댓글을 보자마자 함수호는 직감적으로 알 수 있었다.

100개가 넘어 200개를 향해 달려가는 댓글을 클릭하는 것이 두려워 두 눈을 질끈 감았다.

'젠장.'

욕지거리가 절로 나왔다. 입술을 잘근잘근 씹어도 불안감이 해소되질 않았다.

지난 몇 년간의 경험으로 댓글의 내용은 대충 예상이 되었다. 유료로 전환하기 전 약간 힘을 준다는 것이 과했다.

"이런 실수를 하다니."

스스로가 용서되지 않았다. 비축분도 겨우 일주일 분량밖에 되지 않는다.

지금 내용을 틀면 나머지 분량들도 전부 수정이 되어야 한다.

함수호가 갈등에 휩싸였다.

"어떡하지, 어떻게 한다… 괜히 출판사를 바꿨나. W랑 계속 했으면 편집자가 걸러줬을 텐데."

그러면 안 된다는 걸 알면서도 편집자 탓을 하게 된다. 내용의 어색함을 지적하지 않은 편집자가 원망스러웠다.

"젠장, 젠장."

함수호가 터질 것 같은 머리를 부여잡고, 오늘 올린 편을 다시 처음부터 천천히 읽어나갔다.

나가 버린 멘탈 때문인지 쪽지함에 들어와 있는 1이라는 숫자는 보이지도 않았다.

*　　　*　　　*

최경락은 메일함에 쌓여 있는 수십 통의 메일을 보며 왈칵 짜증이 일었다.

"이건 왜 해도 해도 끝이 없어."

자신이 하는 주요 업무가 작가들의 글에 대한 교정이다. 하지만 작가들을 섭외하고 계약을 하기 위해 돌아다니며, 다시 사무실로 돌아와 교정을 보려면 야근은 필수였다.

"아 씨, 모르겠다."

메일함에 있는 작가들의 글을 내려 받은 다음 대충 읽어 내려갔다. 회사에서 제공해 준 맞춤법 교정기를 돌려 대충 교정을 끝냈다.

"휴… 오늘따라 또 왜 이렇게 오탈자가 많은 거야."

불평불만을 쏟아내며 일을 끝내도 벌써 저녁 9시가 넘어갔다. 최경락은 그렇게 교정을 마친 글을 작가 이름별로 구분 지어놓은 폴더에 저장시켰다.

"메일은 내일 보내자."

그곳에 함수호가 보낸 메일도 포함되어 있었다.

*　　　*　　　*

아침 9시가 되자마자 최경락에게 '톡'을 보내 수정된 원고를 받았다.

벌써 5질의 작품을 완결한 작가.

교정이 대충 되었다는 것쯤은 단번에 알아차릴 수 있었다.

하지만 이곳과 계약한 것은 자신. 함수호는 공지를 올리고 수정을 마친 글을 재업로드시켰다.

"…휴우."

그리고 긴 한숨을 내쉬었다. 한껏 상승세에 있던 글의 조회수가 떨어진 것을 보니 마음이 아팠다.

등받이에 기대 있던 함수호의 눈에 수정된 글에 새롭게 달린 댓글이 띄었다.

—뭐야, 똑같잖아. 변한 게 없네.

—하차 각 나왔다.

"도대체 어떻게 써야 하는 거야."

고심하던 함수호가 그제야 쪽지함에 들어온 알람을 발견하고 클릭해 들어갔다.

"어? 우민?"

자신이 알고 있는 그 '우민'인가 하여 쪽지를 클릭해 상세 내용으로 들어가 보았다.

안녕하세요. 작가님의 '회귀 마법사'를 재밌게 보고 있는 독자 이우민입니다.

제목까지 읽은 함수호는 황급히 아이디를 클릭하고 게시판으로 들어가 보았다.

게시판에 있는 작품을 보니 자신이 알고 있는 작가가 맞았다.

웬일인가 하여 다시 쪽지를 클릭해 보았다. 통상 작가들이 다른 작가에게 쪽지를 보내는 일은 없다.

쪽지에는 작품에 대한 조언이 한가득 적혀 있었다.

절박한 심정의 함수호가 한 글자씩 뇌리에 새기며 읽어나갔다. 어리지만 평균 유료 결제 조회 수 5만이 넘는 작가가 보낸 조언이다.

"아… 이렇게 진행해도 되겠구나."

거기에는 자신이 미처 생각하지 못했던 세세한 에피소드들과 글의 전체적인 진행 방향에 대한 심도 있는 조언이 담겨 있었다.

금과옥조 같은 말들.

다시 한번 우민이 보낸 쪽지를 읽어 내려간 함수호가 글을 고쳐 쓰기 시작했다.

*　　　*　　　*

교정을 마친 글들을 작가들에게 보내고 잠시 짬이 난 최경락이 최근 판타월드에서 1위를 하고 있는 '회귀 마법사'를 클릭해 보았다.

그리고 최신 편을 읽어나가던 중 자신도 모르게 욕지거리를 내뱉었다.

"아 씨 진짜, 이러지 마시라니까. 안 그래도 일 많은데."

자신이 보낸 글과 올라온 편이 달라져 있었다. 이렇게 싱크가 맞지 않으면 편집할 때 상당히 귀찮아진다.

앞으로 판타월드가 아니라, N포털이나 K포털에도 글을 올려야 하는데 서로 다른 내용의 글이 올라간다면 대형 사고가 터지는 것이다.

그래도 작가는 갑, 자신은 을이다. 최경락이 심호흡을 하며 '화'를 가라앉히고 수화기를 집어 들었다.

*　　　*　　　*

W 에이전시 직원이 핸드폰에 도착한 문자를 확인하고는 의아해하며 손석민을 바라보았다.

"…사장님. 지난번에 계약 해지하겠다던 함수호 작가 있잖아요."

"어, 왜."

"다시 계약하고 싶다는데요?"

"으, 응?"

"저도 잘 이해가 가지는 않는데… 혹시 다시 계약할 수 있냐고… 자신이 생각이 짧았다면서……."

손석민도 이해가 가지 않는지 미간을 찌푸렸다. 도대체 무슨 생각일까 궁금했다.

"일단 알았어. 내가 한번 만나볼게."

"그리고 지난번에 계약 해지한다던 박정남 작가 있잖아요."

"어, 그 작가는 왜."

"그분도 다시 계약하고 싶다고 연락이 왔는데요?"

손석민이 뒷머리를 긁적였다. 자신이 모르는 곳에서 무슨 일이 벌어지고 있는 건지 도무지 알 수가 없었다.

"김 대리, 혹시 왜 이런 일이 벌어지는지 알겠어?"

직원이 도리도리 고개를 저었다. 겉옷을 챙겨 든 손석민이 자리에서 일어났다.

"한두 명도 아니고… 왜 이런 일이 일어나는 건지 이것 먼저 알아봐야겠어. 함수호 작가 집이 어디라고 했지?"

"영등포 쪽입니다."

"알았어."

휴대폰을 집어 든 손석민이 직접 함수호에게 전화를 걸어 약속을 잡았다.

*　　　　*　　　　*

갑작스레 들려온 비명 소리에 박은영이 황급히 카타리나의 방문을 열어젖혔다.

"꺄아아아악!"

"왜, 무슨 일이니? 타냐!"

"어머님, 저 1등 했어요. 1등!"

카타리나가 자리에서 방방 뜨며 소리쳤다. 집 안에 함께 있던 우민도 무슨 일인가 하여 나와보았다.

"와우! 우민! 나 1등 했다! 도전 리그 1등 했어! 와서 봐봐!"

우민이 슬쩍 모니터를 보았다. 카타리나의 말대로 정말 '왕자님, 왜 이러세요'가 당당히 1등을 차지하고 있었다.

"누가 코치를 해줬는데 당연한 거 아닌가."

우민의 무심한 듯 툭 던지는 말에도 카타리나는 흥분을 가라앉히지 못했다.

"1등! 1등이다! 이제 나도 1등이다!"

카타리나도 아직 15살 소녀. 1등이 주는 카타르시스가 그녀를 하늘 끝까지 밀어올렸다.

카타리나는 천장에 머리가 닿을 기세로 방방 뛰어댔다. 외출복으로 갈아입은 우민이 한심하다는 듯 쳐다보며 말했다.

"야, 그러다 밑에 집에서 올라오겠다. 그만 좀 뛰어."

방방 뛰던 카타리나가 한걸음에 달려와 와락 우민을 껴안았다.

화악.

15살 소녀의 체취가 우민의 전신을 두드렸다. 우민은 옴짝달싹하지 못한 채 제자리에서 손끝 하나 움직이지 못했다.

카타리나가 그런 우민의 두 어깨를 잡으며 말했다.

"너, 정말 편집자로서도 꽤나 괜찮구나. 글만 잘 쓰는 게 아니었어."

"흠… 흠흠, 좀 떨어져서 얘기해 줄래?"

"떨어져? 오호… 라."

의미심장하게 웃던 카타리나가 다시 와락 우민을 안으려 했다. 이번에는 우민이 슬쩍 몸을 돌리며 피했다.

"두 번은 사양하겠어."

"왜, 내 향기로운 체취 묻혀줄게. 걱정하지 마. 내 체취는 사라지지 않는 향이니까. 싱그러움 가득 담아올 필요 없어."

우민이 미간을 짚으며 짧게 한숨을 내쉬었다.

"내가 왜 그런 짓을 해가지고는… 다 내 잘못이지."

카타니라가 도망가려는 우민을 쫓아가며 말했다.

"이리 오라니까. 내 체취를 더 묻혀줄게."

그 모습을 박은영이 재밌다는 듯 바라보았다. 신기하게도 카타리나와 있으면 다양한 표정이 나온다. 15살이지만 15살이 아닌 우민에게 제 나이에 맞는 행동이 나온다.

그 모습이 보기 좋았다.

*　　　*　　　*

계약서를 챙긴 최경락이 팀장과 함께 차에 올랐다.

"뭐, 계약 해지? 위약금이 얼만지는 말해줬어?"

"네. 계약금의 10배니까, 천만 원. 똑똑히 일러주었습니다."

팀장이 주머니에서 담배를 찾았다.

"그런데?"

"그래도 하겠답니다."

"…미친 거 아냐? 회귀 마법사가 아무리 지금 1등이라지만 유료 넘어가서도 그럴 거라 자신하나… 참 내."

결국 담배를 찾아낸 팀장이 차 안에서 담뱃불을 붙였다. 운전을 하던 최경락이 조심스럽게 말했다.

"그리고… 다른 몇몇 신인 작가들도 계약 해지하겠다고 연락이 왔습니다."

팀장이 폐를 가득 채운 담배 연기를 창밖으로 불어냈다.

"또 누가?"

"박수천이랑 이민규 작가라고 기억나세요?"

"몰라, 내가 그런 신인들까지 기억해야 돼? 우리가 선인세로 얼마를 줬었지?"

"그때 30만 원 줬습니다."

"그럼 300만 원이네. 21살, 22살인가 그랬나. 300만 원 있대?"

"확실하게 못 박아 놓긴 했습니다. 계약서에 적혀 있는 대로 위약금은 물어야 한다."

끝까지 타들어간 담배를 차 안에 있던 커피 통에 넣어버린 팀장이 알았다며 고개를 끄덕였다.

"그래, 뭐 그러면 됐지. 어차피 큰 기대도 안 하고 있었어."

차는 막 함수호가 있는 영등포로 진입하고 있었다.

차에서 내린 최경락은 연속적으로 도착한 문자에 놀라 잠시 걸음을 멈추었다.

—계약 해지 요청드립니다.

—계약 해지 요청드립니다.

—계약 해지 요청드립니다.

하나같이 계약 해지를 원하는 작가들의 문자였다. 최경락이 어안이 벙벙한 채 팀장에게 문자를 보여주었다.

"…이게 무슨 일이냐? 너 작가 관리 똑바로 안 해?"

팀장의 호통에도 최경락은 다시 핸드폰을 확인했다. 자신의 핸드폰뿐만이 아니라 다른 편집부 인원들에게도 계약을 해지하겠다는 문자가 도착했다며 연락이 왔다.

"팀장님… 뭔가 이상한데요. 마치 약속이라도 한 것처럼……."

"단체로 더위를 먹었나. 어차피 뭐 다른 작가들 또 구하면 되지."

최경락은 일을 너무 쉽게 생각하는 팀장이 걱정스러웠다. 하지만 굳이 말하지 않았다.

"여깁니다."

최경락이 앞장서서 함수호가 기다리고 있는 카페 안으로 들어섰다.

*　　　*　　　*

기다리고 있던 함수호는 보이지 않았고, 자신도 알고 있는 얼굴인 손석민이 그 자리에 앉아 있었다. 팀장이 똥 씹은 얼굴로 손석민을 바라보았다.

반면 손석민은 환하게 웃으며 다가왔다. 손석민이 악수를 청하며 말했다.

"하하, 우리 약속하지 않았나. 서로 작가들 빼 가지 않겠다고. 벌써 잊어버린 모양이지?"

"어… 우리가 자네 출판사 작가를 빼 갔다고? 그런 일이 없을 텐데……."

"'회귀 마법사' 쓰고 있는 함수호 작가 자네들이 빼 가지 않았나."

"그래? 나는 모르는 일인데. 최 대리, 자네 혹시 '함수호' 작가라고 알고 있나?"

당황한 최경락이 재빨리 머리를 굴렸다.

"아… 그게……."

무언의 강요에 최경락이 할 수 없다는 듯 말을 이었다.

"죄송합니다. 팀장님. 제가… 미처 말씀을 못 드렸습니다."

피식.

손석민이 어이가 없다는 듯 콧방귀를 뀌었다.

"여전하구먼. 전혀 변하지 않았어. 더 말하기 싫으니 계좌 번호나 불러."

최경락이 조심스럽게 계좌 번호를 불렀다. 손석민이 핸드폰을 이용하여 그 자리에서 천만 원을 송금했다.

"돈 많이 벌었나 봐. 천만 원을 대신 송금해 주고?"

손석민이 비아냥거리는 팀장에게 비웃음으로 응대했다.

"많이 벌었지. 자네는 상상도 하지 못할 만큼. 중요한 점이 뭔지 아나? 앞으로 더 많이 벌 거야."

와락.

팀장의 인상을 구겼다. 손석민이 옆에서 안절부절못하고 있는 최경락을 보며 말했다.

"자네가 함수호 작가 편집 담당인가? 그 나물에 그 밥이라더니. 출판사 편집자가 편집하는 법은 안 배우고, 작가들 등쳐 먹는 방법만 배웠나 봐. 교정 실력이 아주 형편없던데?"

최경락도 '와락' 인상을 구겼다. 그런 둘을 향해 손석민이 말을 이었다.

"박수천, 이민규, 만풍 작가님들 작품 계약도 해지해야지. 선인세가 30이었지? 각 300만 원씩 입금하면 되나? 아차차!"

손석민이 이제야 기억났다는 듯 탄성을 토해냈다.

"주민기, KON, ONEL, 파이브 작가님들 계약 해지도 같이 하지. 2,100만 원 입금하면 되지?"

띠리리리.

띠리리리.

최경락의 핸드폰이 급하게 울려댔다. 전화를 받아 든 최경락의 혈색이 급격하게 굳어갔다.

"사, 사장님이 빨리 출판사로 들어오라는데요?"

"왜 무슨 일인데?"

대답은 손석민이 대신했다.

"왜긴 왜겠어. 안 봐도 뻔하지. 종이책 부수 속여서 작가들 등쳐 먹더니, 이제는 이북 정산금까지 뒤로 빼돌리냐?"

듣고 있던 최경락이 아연실색하며 얼굴에 핏기가 사라졌다.

"티, 팀장님……."

"……."

손석민이 두 손을 들며 눈을 동그랗게 떴다.

"진짜였어? 와… 나는 그냥 너희 사장한테 이런저런 일이 있으니 한번 알아보라고 한 것뿐인데. 진짜 대단하다. 존경심이 든다."

털썩.

최경락이 옆에 있던 의자에 주저앉았다. '으득' 팀장이 이를 갈았다. 손석민이 그 둘을 지나치며 말했다.

"어서 들어가 봐야지. 나도 일이 많아서 이만."

망연자실한 둘은 어찌할 바를 모르고 한동안 커피숍에서 움직이질 못했다.

* * *

왕십리 사무실로 돌아온 손석민은 바로 5층으로 올라갔다. 작가들이 편하게 와서 글을 쓸 수 있도록 마련해 둔 작업실이 있는 곳이다.

그곳에는 함수호 작가를 비롯해 여러 작가들이 앉아 열심히 키보드를 두드리고 있었다.

그 사이사이를 우민이 돌아다니고 있었다.

"이미 말씀드렸지만 저는 자선 사업가가 아닙니다. 여러분들의 계약 해지금을 대신 내드린 건, 작가님들이 지니신 잠재력을 봤기 때문입니다."

손석민이 흐뭇한 표정으로 그 모습을 바라보았다.

"계약 해지 때 대신 내드린 금액쯤은 금세 메울 수 있는 '가능성'이 있습니다. 단! 말씀드린 대로, 제 말을 철저하게 따라 주셔야 합니다."

말을 하던 우민도 손석민을 발견하곤 그에게 다가갔다.

"오셨어요."

"그래, 한국에 와서도 쉬는 날이 없구나."

"뭘요, 제가 좋아서 하는 일인데요."

그런 우민이 기특한지 손석민의 만면에는 미소가 가득했다.

"네 말대로 계약 해지하고 왔다. 한 오천만 원 정도 쓴 것 같아. 정말 괜찮겠어?"

"헤헤, 걱정하지 마세요. '회귀 마법사' 조회 수 다시 올라오는 거 보셨잖아요. 물론 제 작품에 비할 바는 아니지만요."

"하하, 이 녀석."

"회귀 마법사는 이대로 판타월드에서 유료 전환을 하는 게 좋을 것 같아요. 박수천 작가님의 '또 만렙'은 게임 판타지가 대세인 K포털 쪽에 연재를 시작할 수 있도록 알아봐 주세요. '공짜 쿠폰' 이벤트로 들어가면 충분히 파급력 있는 작품이 될 겁니다."

"알았다. 네 말대로 하마."

"그리고 만풍 작가님의 작품인……."

그렇게 우민은 한동안 손석민과 작품에 대한 이야기를 나누었다. 그리고 다시 글을 쓰고 있는 작가들과 작품에 대한 방향, 소설 전개에 대한 토론을 해나갔다.

미국으로 돌아갈 시간이 얼마 남지 않은 상황에서도 쉬는 법이 없었다.

* * *

알파 출판사 사장의 고함 소리가 쩌렁쩌렁 울렸다.

"나가! 당장 나가! 너희들 콩밥 먹을 각오해!"

팀장과 최경락은 아무 말도 하지 못하고, 꿀 먹은 벙어리가 되었다.

"지금 너희 때문에 전부 계약 해지당했어. 알아? 이미 판매되고 있는 작품 말고는 우리랑 계약하겠다는 작가가 한 명도 없다고!"

사장은 악귀처럼 변해 둘을 잡아먹을 것처럼 달려들었다. 최경락이 원망스러운 눈빛으로 팀장을 바라보았다.

"죄송합니다."

팀장의 말은 씨알도 먹히지 않았다.

"헛소리하지 말고! 나가! 당장 내 눈앞에서 꺼지란 말이야!"

그날 알파 출판사에서 책상 두 개가 치워졌다.

제4장
소설 같은 현실

인천국제공항 VIP 라운지.

여름방학이 눈 깜박할 사이에 지나갔다. 라운지 내에 마련되어 있는 다과들을 먹으며 카타리나가 즐거움을 감추지 못했다.

"우와, 맛있는 거 많다. 우민, 너도 어서 먹어봐. 저 치즈 케이크 핵꿀맛이야."

카타리나는 인터넷 소설을 쓰다 인터넷 용어에 익숙해졌다. 우민이 살짝 인상을 찌푸렸지만 별말 하지는 않았다.

유민아는 이른 헤어짐이 못내 아쉬운지 발끝으로 '툭툭' 바닥을 쳐댔다.

우민은 뭐가 그리 바쁜지 노트북에서 눈을 떼지 않았다. 유민아가 그런 우민을 야속하게 바라보았다.

타닥. 타다다닥. 타닥. 타닥.

카타리나가 그런 우민의 입 앞에 '불쑥' 오렌지 하나를 들이 밀었다.

"어푸푸… 야! 뭐 하는 짓이야, 지금."

입안 가득 습격한 신맛에 우민이 휴지에 침을 뱉었다. 그런 우민에게 카타리나가 말했다.

"우민, 지금은 글을 쓸 시간이 아니라, 친구와의 헤어짐을 아쉬워해야 하는 시간이야."

"먹을거리에 정신 팔린 사람이 할 이야기는 아니라고 보는데."

"때와 장소를 구분하지 못하는 사람보다는 낫다."

카타리나의 질책에 우민이 고개를 돌렸다. 유민아의 얼굴에 화색이 돌았다.

"누나, 고마워. 이런 데도 이용하게 해주고."

"아, 아니야. 뭘 이런 걸 가지고."

"잘 지내고, 알아서 잘하겠지만 연예인 생활도 열심히 하고."

"으, 응. 최선을 다할게."

"그래. 누나야 알아서 잘하니까."

건조하게 인사를 마친 우민이 다시 노트북으로 시선을 돌렸다. 카타리나가 답답하다는 듯 우민의 노트북 뚜껑을 '확' 닫아버렸다.

"타냐! 지금 뭐 하는 짓이야!"

카타니라도 지지 않고 맞섰다.

"우민, 너야말로 뭐 하는 거야. 일에 미친 작가야!"

"지금 내 답변을 기다리는 작가들이 몇 명인 줄 알고 이러는 거야? 그들 중 몇몇은 이번 작품에 생계가 달려 있어. 살고 있는 원룸에서도 쫓겨나야 한다고!"

카타리나가 우민을 만난 이후로 처음으로 정색하며 표정을 굳혔다.

딱딱하게 굳어진 얼굴에는 한 점의 미소도 찾아볼 수 없었다.

"우민, 경제력의 부재만이 삶을 위협하는 건 아니다. 삶을 지탱하는 데 필요한 무형적인 요건들이 충족되지 못할 때도 인간의 삶은 모래성처럼 허물어져 내려."

"그거야 배부른 자들이 만들어낸 개똥철학일 뿐이야."

우민은 말도 되지 않는 소리라 일축했다. 카타리나가 고개를 절레절레 저었다.

"휴우……."

"배곯아본 경험이 없으니 그런 말을 할 수 있는 거다. 네가 날 따라다닐 여유를 부릴 때, 쿠에시는 말없이 마음을 접었지. 왜 그랬을 것 같아?"

갑작스러운 논쟁에 유민아가 토끼 눈이 되어 둘을 바라보았다. 우민과 카타리나의 눈에서 불꽃이 튀겼다.

"나라도 같은 선택을 했을 거다. 그 점이 카타리나, 너와 나의 가장 큰 차이점이야."

우민의 확실한 선 긋기에 카타리나가 '쩝' 입맛을 다셨다.

"그래서, 일부러 가난해 보기라도 해야 한다는 거야? 아프리카에 가서 단식이라도 해보라는 말이니?"

"어."

"뭐?"

"어, 라고. 못 들었어?"

화가 난 카타리나가 씩씩거리며 콧김을 쏟아냈다.

"그럼 우민, 너도 같이 가."

"…뭐?"

카타리나가 김혜은과 담소를 나누고 있던 박은영을 바라보았다.

"어머님, 혹시 우민이가 어렸을 적에 끼니를 굶어본 적이 있나요?"

예상치 못한 질문에 우민도, 박은영도 당황했다. 잠시 생각에 잠겼던 박은영이 슬쩍 우민이를 바라보곤 대답했다.

"그, 그랬던 적까지는 없었던 것 같은데……."

카타리나가 굳었던 표정을 풀며, 허리에 척하니 손을 얹었다. 입꼬리가 가파르게 상승했다.

"뭐야, 너도 굶어본 적은 없네. 그래놓고서는 마치 다 안다는 듯이 말한 거야? 이거 완전 위선이네, 위선이야. 아프리카 가. 가자고. 가서 단식해."

우민이 황당해하며 카타리나를 바라보았다.

"…너 정말."

"다음 방학 때는 아프리카다."

눈을 감은 우민이 고개를 절레절레 저었다. 유민아가 그런 카타리나를 부러운 시선을 바라보았다. 몸이 멀어지면 마음이 멀어진다고 했던 말이 가슴 깊이 공감되고 있었다.

* * *

집으로 돌아가는 차 안.

김혜은이 안쓰러운 눈빛으로 유민아를 바라보았다. 대중들의 사랑을 받는 스타. 그럴수록 커지는 공허감을 자신 역시 익히 경험했기에 지금 차창 밖을 보고 있는 유민아의 심정이 절절히 느껴졌다.

창밖을 보고 있던 유민아가 입술을 달싹이며 어렵사리 입을 열었다.

"내가 더 인기가 많아지면 우민이도 날 더 많이 봐줄까?"

운전을 하던 김혜은은 차마 아무 말도 하지 못했다.

"……."

"아니면… 나도 확 미국으로 유학을 갈까?"

김혜은은 조용히 듣기만 했다.

"공부도 열심히 해서 전교 10등까지 했는데……."

바로 며칠 전까지 신나서 방방 뛰던 모습은 온데간데없었다. 우민의 반응 하나하나에 이토록 민감하게 반응하는 딸의 모습을 보니 괜스레 우민이 미워졌다.

"걔가 보는 눈이 없는 거지. 이렇게 예쁜 우리 딸 관심받기가 어디 쉬운 줄 아나. 우민이 아직 어려서 여자 보는 눈이 없어 그런 것뿐이야. 좀만 더 나이 먹으면 오히려 너한테 매달릴걸."

김혜은의 설명도 그리 위로가 되지는 않았다. 유민아는 씁쓸한 표정을 풀지 않았다.

왠지 그럴 것 같지 않은 느낌이 강하게 들었다. '누나', 언제까지 누나일 뿐이라는 생각에서 헤어 나오질 못했다.

*　　　*　　　*

공항에 도착한 우민은 출국장을 빠져나와 차에 올랐다. 운전을 하던 손석민이 미안함을 감추지 못했다.

"일주일 뒤면 방학도 끝인데… 너무 일만 하게 해서 미안해. 어쩌지."

"저야 감사할 일이죠. 이런 기회가 흔한 것도 아니잖아요."

뒷좌석에 타고 있던 카타리나가 틈을 놓치지 않고 끼어들었다.

"뭐야, 또 뭐 하러 가는 건데."

"타냐, 너는 학교에 내려줄 테니까. 이번에는 쫓아올 생각하지 마."

우민이 손석민에게 말했다.

"학교로 가서 쿠에시 태우고 바로 가시죠."

박은영은 건물 거래가 아직 끝나지 않아 한국에 남았다. 자신의 말을 무시하는 우민에게 카타리나는 굴하지 않고 계속 말을 걸었다.

"어디 가는 거야? 아프리카 아이들 드라마로 제작해?"

카타리나의 궁금증을 손석민이 대신 해결해 주었다.

"넷링크 쪽에서 연락이 왔다. 드라마로 제작할 생각 있냐고."

넷링크.

DVD 대여 사업에서 시작해 온라인 스트리밍 서비스로 전 세계에서 폭발적인 성장세를 거두고 있는 영상물 제작/배급 회사였다.

미국 내 프라임 타임, 인터넷 트래픽의 1/3을 차지하고 있다는 뉴스 보도가 있을 만큼 영향력이 점차 커지고 있다.

드라마에서부터 영화, 다큐까지 건들지 않은 분야가 없고, 근래에는 자체 제작 콘텐츠로 괄목할 만한 성장을 하고 있었다.

손석민의 말에 카타리나의 입이 쩍 벌어졌다.

"넷링크? 거기서 아프리카 아이들 드라마로 제작하자고 연락이 왔다고? 와우! 왜 나한테는 말 안 했어!"

우민이 카타리나의 호들갑에 찬물을 끼얹었다.

"네가 이렇게 오두방정 떨면서 시끄럽게 할까 봐."

"그래서 오늘 누구 만나기로 했는데? 넷링크 관계자? 누구야, 누군데."

이번에도 운전을 하던 손석민이 대신 답했다.

"아론 톰슨. 그가 직접 보고 싶다고 했어. 그래서 방학이 끝나기도 전에 급하게 가는 거다."

"오 마이 갓! 뉴스스튜디오, 화이트 하우스의 그 아론 톰슨? 아카데미 최우수 각색상과 에미상 작품 부문을 독식한 그 아론 톰슨이요?"

카나리나의 감탄에 손석민이 웃음을 터뜨렸다.

"아론 톰슨 팬이니? 생각보다 많이 알고 있구나. 내가 들은 게 틀리지 않다면 그 아론 톰슨이 맞을 거다."

카타리나가 10시간이 넘는 비행에도 지치지 않았는지 흥분해 뉴스스튜디오에 나왔던 대사 한 구절을 소리쳤다.

"가난과 싸웠지, 가난한 사람과 싸우지 않았어! 미국은 더 이상 위대한 나라가 아니다!"

듣고 있던 우민이 시끄러운지 귀를 막았다.

"알았다. 알았으니까. 조용히 좀 해."

"나도, 나도 갈 거야! 아론 톰슨 만나고 싶어! 아까 내가 한 말 취소할게. 취소, 취소! 나도 데려가 줘!"

카타리나가 우민의 앞에서 온갖 아양을 떨었다. 자신을 데려가기만 하면 간이고, 쓸개고 전부 떼어줄 것처럼 행동했다.

"널 데려가서 얻을 수 있는 장점이 하나도 없는데 굳이 그럴 필요가 있을까."

"혹시도 또 알아? 내 뛰어난 미모에 반해서 이야기가 순조롭게 흘러갈지?"

피식.

우민이 어이가 없다는 듯 피식 웃음을 터뜨렸다.

"웃었다? 동의한 거다?"

"쿠에시가 괜찮다고 하면."

이번에는 카타리나가 자신 있게 웃었다.
"후훗, 그럼 결정된 거나 마찬가지지."
차는 어느새 트렐로 스쿨 정문에 다다랐다. 미리 연락을 받은 쿠에시가 학교 앞에서 대기하고 있었다.
쿠에시를 보자마자 카타리나가 날듯이 달려가 그의 가방을 빼어 들며 말했다.
"쿠시쿠시! 아론 톰슨 만나러 간다며? 나도, 나도 같이 가도 되지?"
슬쩍 우민 쪽을 바라본 쿠에시가 얼떨결에 대답했다.
"어, 뭐. 그, 그래. 편한 대로 해."
카타리나가 두 주먹을 불끈 쥐었다.
"오예! 가자!"
손석민이 다시 미팅을 위해 LA 시내 쪽으로 차를 몰았다.

* * *

넷링크의 현재 위상을 알려주기라도 하듯 LA 다운타운, 그곳에서도 50층이 넘는 건물에서 미팅이 잡혔다.
한눈에 들어오지 않는 빌딩의 위용에 카타리나가 고개까지 꺾어가며 감탄했다.
"이야, 높다. 여기서 오늘 미팅한다는 말이지?"

손석민이 마치 선생님처럼 그런 아이들을 이끌었다.

"여기 32층으로 오라고 하더라. 가자."

손석민이 안으로 들어가 경비원에게 안내를 부탁하자, 바로 엘리베이터를 타고 32층 사무실로 들어갔다.

입구부터 넷링크의 유명 작품 포스터가 즐비하게 붙어 있었다.

"카르가스, 빌리언피플, 어쌔신… 화이트 하우스까지. 정말 엄청나구나."

넷링크는 프로그램 자체 제작을 시작하면서 미국 드라마 시장의 신흥 강자로 떠올랐다.

HBO, FOX. CBS 등의 메이저 방송사들에게 위협적인 존재가 되어가고 있었다.

과감한 투자, 새로운 실험, 멈추지 않는 도전이 넷링크로 사람들을 끌어모았다.

그 중심에 넷링크에서 거액의 연봉으로 섭외한 아론 톰슨이 있었다.

미국의 대표적인 극작가이자, 극본의 달인이라 불리는 아론 톰슨이 카타리나 뒤에서 고개를 끄덕이며 턱을 쓰다듬었다.

"내가 썼지만 내가 쓴 거라 믿겨지지 않는 작품들이었지."

"우민, 네가 아무리 대단하다지만 그런 장난은 그만두는 게 어때?"

"우민이라면 내가 오늘 만나기로 한 소년인데……."

그제야 카타리나가 고개를 돌렸다. 아론 톰슨임을 확인하고는 놀라 입을 다물지 못했다.

눈을 찡긋거리며 인사를 한 아론 톰슨이 우민에게 다가왔다.

"'울분'을 쓴 작가가 자넨가?"

"반갑습니다. 우민이라고 합니다."

"어서 들어가지. 자네를 기다리고 있는 사람이 아주 많아."

〈울분 드라마 제작 프로젝트 팀〉

사무실에 붙어 있는 안내문이 이상했다. '아프리카 아이들'을 드라마로 바꾸는 걸 논의하는 자리가 아니었던가.

아론 톰슨이 살짝 고개를 숙이며 말했다.

"아! 아직 전달을 못 한 모양이군요. 아프리카 아이들은 '울분'을 읽기 전까지의 계획이었어요. 읽어보니 도저히 드라마로 만들지 않고서는 못 배기겠더군요."

말을 하던 아론 톰슨이 양손의 검지와 중지를 구부렸다 펴며 말했다.

"저도 'American First'를 아주 싫어합니다."

그러고는 우민이 쓴 '울분'의 첫 문장을 중저음의 톤으로 읽어나갔다.

"The American Dream is over."

"시작은 꼭 이 대사로 하고 싶군요."

뒤따라 왔던 쿠에시의 미간이 살짝 찌푸려지는 건 아무도 보지 못했다.

* * *

열렬한 민주당 지지자.

그가 바로 아론 톰슨이었다. 공화당 그 안에서도 배척받던 남자가 대통령이 되자, 아론 톰슨은 절망했다.

대통령이 쏟아내는 각종 행정명령이 미디어를 통해 나올 때마다 탄식을 쏟아냈다.

그러다 보게 된 책이 바로 울분이다.

"흔히 학교를 사회의 축소판이라고들 하지. 울분에 나타난 이야기가 비록 어려울지라도, 주제는 명확하다고 생각했네. 그리고 글을 통해 표현하기 어려웠던 것들이 영상을 통하면 한결 가깝게 다가갈 수 있으니까."

'글을 통해 표현하기 어렵다? 그럼 내 글이 제대로 표현하지 않고 있다는 말인가.'

우민의 미간이 꿈틀거렸다. 변한 분위기를 눈치챈 손석민이 조마조마한 심정으로 우민을 바라보았다.

"처음이자 마지막으로 전학생을 받아들인 학교가 전학생을 막고, 학교의 정체성을 지키고자 벽을 쌓겠다는 것을 결정했을 때는 정말, 독자인 나도 어이가 없을 지경이었네."

아론 톰슨은 자신이 읽은 울분의 장단점을 열거했다. 한껏 들떠 있는 아론 톰슨에 비해 배석해 있는 넷링크 관계자들의 표정은 그리 좋지 않았다.

그중 나이가 있어 보이는 한 명이 입을 열었다.

"아론, 알았으니까. 이제 일 이야기를 하는 게 어떤가."

"내가 너무 주책을 떨었군. 오늘은 계약 조건들에 대해 의견을 나누는 자리니까."

아론 톰슨의 말을 시작으로 구체적인 조건들이 이야기되기 시작했다.

앞에 열거한 장점들이 밑밥을 까는 작업이 아니었을까 하는 생각이 들 정도로 제약 조건이 많았다.

제작비는 편당 5억 원 선에서 결정된다.

알다시피 정규 편성 확정은 아니고 파일럿을 제작해 보고 결정될 거야.

작가는 통상 5명이 넘게 지원되기는 하지만 이번은 실험적 성향이 강해서 최대 3명이서 각색할 거라네.

미리 말했다시피 제작비가 제작비다 보니, 스타들의 출연은 어려울 수 있어.

여러 단점을 늘어놓던 아론 톰슨이 너털웃음을 터뜨리며 말했다.

"이거 말하다 보니, 하지 말아야 할 이유만 늘어놓은 것 같구먼. 이런 단점을 모두 뒤덮을 만큼의 큰 장점이 하나 있어."

아론 톰슨이 자신만만해하며 말했다.

"내가 기획 단계부터 참여해서 각본을 써주지."

자신만만한 아론 톰슨의 말에 누구도 토를 달지 않았다. 현 시대 최고의 각본가로 인정받고 있는 남자, 그가 바로 아론 톰슨이다. 그가 각본을 썼다는 이유 하나만으로 시청률을 보장받는다. 듣고 있던 손석민의 표정이 환하게 밝아졌다.

"하하, 미스터 톰슨이 직접 각본을 맡아주신다니, 우리 우민이 에게도 영광스러운 일이 되겠군요."

"소설을 읽는 순간 드라마로 만들어야겠다는 생각이 머릿속을 떠나질 않았습니다."

주거니 받거니 하며 서로에 대한 칭찬을 이어갔다. 우민은 그저 가만히 듣고만 있었다.

아론 톰슨이 유명하다는 사실은 자신도 익히 들어 알고 있다. 수년 전 '달동네 아이들'의 각본을 쓸 때 얼핏 찾아본 기억이 났다.

생각에 빠져 있는 우민을 한껏 들뜬 손석민이 불렀다.

"우민, 미스터 톰슨이 네 소설에 대한 각본을 직접 써주신단다. 세계 최고 각본가의 인정을 받은 느낌이 어때?"

손석민의 질문에 자리에 있던 사람들의 시선이 몰렸다. 우민이 별다른 감흥 없이 담담히 대답했다.

"나쁘지 않습니다."

아론 톰슨의 표정이 오묘하게 변해갔다.

"나쁘지 않다… 하하, 하하."

할 말을 잃은 듯 아무 말도 하지 못했다. 우민은 그저 담담하게 말을 이어나갔다.

"저는 제 글을 다른 사람에게 맡기지 않습니다."

카타리나가 두 눈을 부릅뜨며 숨을 들이켰다. 쿠에시도 살짝 눈을 흘기며 우민 쪽을 바라보았다.

예상치 못한 답변에 아론 톰슨이 당황해하며 말했다.

"음… 그, 그렇군. 자네 생각이 그렇다는 말은……."

"각본을 제가 쓰는 게 제 조건입니다."

배석해 있던 넷링크 관계자가 조심스럽게 물었다.

"소설과 각본은 이야기의 전개도, 쓰는 방법도 많이 다른데… 그 점은 인지하고 있는 건가?"

아론도 궁금한 눈빛으로 우민을 바라보았다. 우민이 손석민을 불렀다.

"아저씨, 프린트 부탁드린 거 준비됐나요?"

"그럼."

손석민이 가방에서 꺼낸 프린트들을 배석해 있는 사람들에게 나눠주었다.

그런데 나눠주는 프린트가 2부씩이었다.

〈아프리카 아이들 프롤로그〉

〈울분 프롤로그〉

"연락이 왔다는 소식을 듣고 준비한 프롤로그입니다. 아프리카 아이들을 계약하신다기에 각본 작업을 하던 중 당연히 울분을 찾아보실 거라 생각했습니다."

우민이 상큼한 미소를 지어 보였다.

"지금은 원 소스 멀티 유즈의 시대잖아요. 그래서 저는 하나의 작품을 써나갈 때 다양한 요소를 고려합니다. 영화, 드라마, 연극, 뮤지컬, 게임 등등."

아론 톰슨이 앞에 놓인 프린트를 뒤적거렸다.

#1. 뜨거운 태양 빛이 내리쬐는 메마른 대지.

사람의 발길이 닿지 않을 것 같은 메마른 땅 위에 한 여성이 허리를 굽히고 있다.

여성은 한 아이를 끌어안고 있다. 여성의 눈에서 눈물이 흐르고 있다.

물이 없어 갈라져 버린 땅처럼 피골이 상접한 아이가 두 눈을 부릅뜬 채 숨을 쉬지 못하고 있다.

프롤로그는 40개의 신으로 이루어져 있었다. 후다닥 읽어 내려간 아론이 울분이라 쓰인 각본을 펼쳐 들었다.

아론이 울분을 펼쳐 드는 걸 확인한 우민이 말했다.

"저도 깜짝 놀랐습니다. 미스터 톰슨과 같은 대사로 시작하고 싶었거든요."

#1. 거대한 교문 앞.

민아: (학교 앞 거대한 교문의 위용에 놀라며)아메리카 드림은 끝인 건가.

여주인공인 민아의 독백으로 이야기가 시작되고 있었다. 아론 톰슨이 울분을 보고 생각했던 첫 장면과 정확히 일치했다.

"마치 자네가 내 머릿속을 들어갔다 나온 것 같군."

우민의 미소가 한층 짙어졌다. 우민의 입에서 무슨 말이 나올지 예상하고 있던 손석민이 눈을 감았다.

"미스터 톰슨, 그 반대일 거란 생각은 안 하십니까?"

자신감 가득 찬 그 모습에 아론이 헛웃음을 터뜨렸다.

"하… 하하, 하하. 그럴 수도… 있겠어."

그 뒤로 계약 조건에 대한 협의는 일사천리로 진행되었다. 아론 톰슨의 인정으로 우민이 작성해 온 각본에 토를 다는 사람은 없었다.

*　　　　*　　　　*

우민이 떠난 후.

아론 톰슨은 여전히 자리에 남아 우민이 써낸 프롤로그를 읽고 또 읽었다.

함께 있던 넷링크 관계자가 궁금해하며 물었다.

"정말 이대로 진행해도 되겠습니까?"

일반적으로 미국 드라마 한 편에 많게는 수십 명의 작가가 붙는다. 이야기의 진행 방향을 결정하는 메인 작가 아래, 수십 명의 서브 작가들이 살을 붙이는 것이다.

"이번에는… 제가 서브로 붙어야겠어요."

아론의 말에 관계자가 다시 우민이 남기고 간 대본을 집어 들었다.

무엇 때문에 아론 톰슨이라는 대극본가가 극찬을 하는 건지 궁금했다. 관계자가 자리를 떠나지 않고 기다리고 있자 아론이 천천히 입을 열었다.

"일단 캐릭터가 살아 있습니다. 주인공, 그리고 그와 맞서는 인물들의 개성이 톡톡 튀어요. 자칫 희미해질 수도 있는 주변 인물들의 존재감이 뚜렷합니다."

아론이 설명을 이어갔다.

"그리고 소재. 하하, 벽을 쌓겠다는 대통령이 미국에서 연일 화제가 되고 있는 마당에 명문 학교임을 널리 알리고, 학생들의 안전을 위해 벽을 쌓는 학교라니. 이 '소재'만으로도 드라마는 히트 칠 거라는 생각 들지 않습니까?"

아론의 말에 관계자의 표정이 급속하게 어두워졌다.

"그것 때문에 저희가 이렇게 반대를 하는 겁니다."

정치.

거기와 잘못 얽히면 좋은 꼴 보기 힘들다. 그건 미국이라고 해서 크게 다르지 않다.

특히나 현 대통령은 반대파에 대한 배척이 유난히 더 심하다. '울분'이라는 드라마로 현 정권을 비판했을 때 받게 될 유, 무형의 불이익이 걱정이었다.

하지만 아론은 전혀 걱정하지 않는 눈치였다.

"의회는 종교를 만들거나, 자유로운 종교 활동을 금지하거나, 발언의 자유를 저해하거나, 출판의 자유, 평화로운 집회의 권리, 그리고 정부에 탄원할 수 있는 권리를 제한하는 어떠한 법률도 만들 수 없다, 라고 수정 헌법에도 나와 있는데 뭘 그리 걱정하십니까."

그래도 관계자의 걱정은 사그라지지 않았다. 비록 헌법에 명시되어 있다고 하더라도, 권력자와 척을 지는 건 되도록 피하라는 것이 본사의 방침이었다.

하지만 아론 톰슨은 전혀 그럴 생각이 없어 보였다. 오히려 투쟁 의지만이 가득했다.

* * *

—지금 이 시간부로 행정명령 13,769호가 발령되었음을 알립니다. 이에 따라 난민 입국 프로그램은 중단되며 리비아, 이란, 이라크, 소말리아, 수단, 시리아, 예멘 국적자의 입국이 금지됩니다.

이른바 반이민 행정명령.

대통령으로 당선되기 전 했던 공약 중 하나를 실천에 옮긴 것이다.

계약을 마치고 기숙사로 돌아가는 길에 우민도 핸드폰을 통해 CNN으로 방송되는 뉴스를 실시간으로 확인했다.

“와우, 이 아저씨 정말 사인했네. 이거 이러다 멕시코에도 장벽 세워지겠어.”

순수하게 감탄한 우민과 달리, 쿠에시의 얼굴에는 근심이 가득했다.

지금은 비록 7개국에 불과하지만 혹여 나라가 더 늘어날 수도 있다.

문제는 이민에 대한 정부의 규제가 심해질수록 자신의 가족들이 이곳으로 오기 힘들어진다는 데에 있다.

마음이 초조해졌다. 쿠에시가 자신도 모르게 엄지손톱을 깨물었다.

“젠장…….”

옆자리에 앉아 있던 카타리나가 쿠에시를 다독여 주었다.

“걱정하지 마. 저런 말도 안 되는 행정명령을 받아들이는 곳은 없을 거야.”

그런 카타리나의 위로를 비웃기라도 하듯, 뉴스에는 입국을 거부당해 다시 시리아행 비행기에 탑승하는 승객의 사연이 나오고 있었다.

행정명령에 반대하는 시위대의 집회도 이곳저곳에서 일어나고 있었다. 한마디로 혼돈의 도가니 속으로 빠져들고 있었다. 우민이 머리를 싸매고 뉴스를 보고 있는 쿠에시에게 물었다.

"집으로 돌아가서 써보라는 건 썼어?"

정신을 차린 쿠에시가 고개를 끄덕였다. 우민이 의아한 듯 물었다.

"그런데 왜 나한테 메일로 안 보냈어?"

"언제까지 너한테 의지할 수만은 없잖아."

"그야, 그렇지만."

"이제 내 일은 내가 알아서 할게."

싸늘하게 선을 긋는 쿠에시의 반응에 옆에 있던 카타리나가 놀랐다. 사춘기라도 온 것일까.

우민도 더 이상 물어보지 않았다.

—대통령은 앞으로 미국의 일자리를 빼앗은 H—1B 비자의 발급 요건 역시 강화할 것을 시사했습니다.

이에 가장 많은 H—1B 비자의 사람들이 일하고 있는 실리콘밸리 업계가 강력하게 반발하고 있었다.

쿠에시의 우려가 채 1분도 지나지 않아 현실이 되었다. 비자 발급 요건이 까다로워진다는 건 이민자를 쉽게 받지 않겠다는 뜻과 같다.

지금까지 받은 인세로 남아공으로 이사를 하긴 했지만 걱정은 어쩔 수 없었다.

"쿠시……."

그때 우민의 핸드폰이 요란하게 울었다.

아론 톰슨.

전화를 받자마자 아론이 물었다.

—뉴스, 뉴스 확인했어?

"지금 보고 있습니다."

—그렇다면 이야기하기 빠르겠어. 바로 파일럿 제작하자.

"네?"

—지금이 적기야. 시대의 담론을 건드린다는 건 곧 화제성을 담보하는 일이니까.

"아직 배우도 정해지지 않았는데, 파일럿을 어떻게 제작합니까."

—유민아. 여주인공은 유민아로 하지. 자네 그 친구를 염두에 두고 쓴 것 아닌가?

아론 톰슨이 다 안다는 듯 말을 이었다.

—알고 보니 한국에서 자네가 각본을 맡은 '달동네 아이들'에도 출연했더군. 영상을 구해 살펴봤는데 연기력이나 비주얼 면에서 나쁘지 않아.

"유민아를… 여주인공으로?"

—그래. 연출은 신인이지만 감각적인 친구로 내 구해두었으니 걱정하지 말고. 자네는 바로 파일럿 극본이나 가져오게. 일주일, 일주일이면 되겠지?

일주일 만에 40분짜리 드라마 극본을 가져오라니. 통상 하나의 극본이 몇 차례 수정을 거쳐 완성되기까지 한 달 정도의 시간이 걸린다.

하지만 우민은 한 치의 고민도 없이 답했다.

"3일 뒤에 보내 드리겠습니다."

옆에서 인상을 쓰고 있던 쿠에시가 슬쩍 눈을 흘겼다.

*　　　*　　　*

반이민 행정명령의 여파가 미국 전역에 들불처럼 번져 나갔다. 찬성과 반대로 갈린 여론은 연일 날을 세우며 맞부딪쳤다.

이러한 때에 장벽을 세우는 학교가 등장한다?

우민의 직감 역시 미친 듯이 날뛰었다.

히트한다.

그렇다면 이 순간 자신이 해야 할 일은 한 가지. 최대한 빠른 속도로 각본을 완성하는 것이다. 기숙사로 돌아온 우민은 바로 자리에 앉았다.

이미 '달동네 아이들'을 집필하며 각본이 갖춰야 할 요소들에 대해서는 충분히 숙지했다.

O. L(overlap), 두 가지 화면이 겹쳐지는 것. F. I(Fade In), 화면이 처음엔 어둡다가 점차 밝아지는 것. 이처럼 각본에서만 쓰이는 용어들에 대해서도 섭렵했다.

하나의 작품을 써나갈 때, 다른 방식으로 작품이 표현되면 어떨지에 대한 고려까지 하는 우민에게는 '울분'을 각본으로 옮긴다는 것이 어려운 일이 아니었다.

그저 시간이 필요한 일이었다.

영문 타자를 치는 속도가 작품의 완성 여부를 결정지었다. 우민이 말한 삼 일이라는 시간도 그 기준에서 결정된 일이다.

반면 우민의 옆에 앉아 있는 쿠에시는 문서 편집 창을 켜놓은 채 멍하니 앉아 있었다.

'재밌는 글을 써야 돼. 잘 팔리는 글을 써야 한다고.'

집에 다녀온 후 쿠에시에게 생긴 변화였다.

새로운 환경에 적응하지 못해 말더듬증이 생겼었다.

이제는 가족을 책임져야 한다는 책임감이 잘 팔리는 글을 써야 한다는 강박이 되어 쿠에시의 두 어깨를 짓눌렀다.

'7형제 중에서 벌써 세 명이나 죽었어··· 더 이상 가족을 잃을 수는 없어.'

동생 중 한 명은 굶주림으로 세상을 떠났다. 형들 중 한 명은 병원에도 가지 못하고 시름시름 앓다가 세상을 등졌다.

이번에 집으로 돌아가 보니 첫째 누나도 없었다. 혹여 미국에서 학업에 매진하고 있는 쿠에시에게 방해가 될까 말하지 않은 것이다.

'한 작품, 한 작품만 더 내면 돼.'

소위 대박 난 '아프리카 아이들' 덕분에 가나에 살던 가족들은 더 이상 굶어 죽거나 병원에 가지 못할 걱정은 없었다.

하지만 그것만으로는 마음이 편치 못했다. 열악한 환경에 내버려 두는 것에 가슴이 미어질 것만 같았다.

'한 작품만…….'

한 자도 쓰지 못하고 있던 쿠에시가 슬쩍 고개를 돌려 보았다. 옆자리의 우민은 미친 사람처럼 타자를 두드리고 있었다.

자신도 꽤나 천재 소리를 들으며 자라왔다. 하지만 우민을 볼 때마다 그런 자신감은 마치 처음부터 없었던 것처럼 사르륵 사라져 버렸다.

*　　　*　　　*

똑똑똑.

문을 두드리는 소리에 글쓰기에 열중하던 우민이 고개도 돌리지 않고 소리쳤다.

"바쁘니까 들어오지 마."

아직 여름방학이 4일 남았다. 자신이 기숙사로 돌아온 걸 알고 있는 사람은 오직 한 명밖에 없다.

우민의 말을 무시한 카타리나가 적갈빛 머리를 휘날리며 방 안으로 들어왔다.

"뭐? 들어오지 마? 나한테 혼나볼래?"

칙칙한 15살 소년의 냄새가 가득 차 있던 방 안이 향긋한 15살 소녀의 체취로 채워졌다.

카타리나는 쿠에시가 보이지도 않는다는 듯 우민에게 달려들어 헤드록을 걸려 했다.

갑자기 봉변을 당한 우민이 항복의 의미로 카타리나의 팔을 '툭툭' 쳤다.

"켁… 켁켁, 너는 정말… 말을 말자. 말을 말아."

우민이 다시 자리에 앉고, 카타리나도 고개를 돌려 쿠에시에게 인사했다.

"쿠시! 안녕!"

쿠에시에게 가까이 다가간 카타리나가 등 뒤로 힐끔거리며 노트북 화면을 바라보았다.

한 자도 쓰지 못한 것이 부끄러웠던 쿠에시가 황급히 노트북 뚜껑을 닫았다.

"에이, 어차피 출간하면 볼 건데 뭘 그렇게 부끄러워하고 그래."

"아, 아직 쓰는 중이라. 다 쓰면 보여줄게."

알았다며 고개를 끄덕인 카타리나가 다시 우민에게 다가갔다.

"야, 다음 미팅 언제야? 언제 또 미스터 톰슨 만나러 가냐?"

"내일."

카타리나가 놀라며 앉아 있는 우민의 어깨에 손을 짚고 고개를 쭉 내밀고는 노트북 화면을 바라보았다.

"진짜 벌써 다 썼어? 어디 봐봐."

"퇴고해야 하니까. 자리 좀 비켜주지 않을래?"

우민의 정색을 살포시 무시한 카타리나가 끊임없이 질척거렸다.

"같이해, 퇴고. 내가 한 명의 순수한 시청자 입장에서 신랄하게 비판해 줄 테니까."

"네가?"

순진무구한 표정의 카타리나가 두 눈을 동그랗게 뜨며 고개를 끄덕였다.

"그레이 아나토미, 프리즌 브레이크, 히어로즈, 브레이킹 배드, 프렌즈, 왕좌의 게임, 바이킹스, 로스트 등등 수많은 드라마를 섭렵한 내가 아니면 누가 해주겠어."

유명 미드를 줄줄 읊어대는 카타리나를 우민이 신기하다는 듯 바라보았다.

"나의 드라마 입문작은 프렌즈였지. 너 프렌즈가 왜 전 세계적으로 선풍적인 인기를 끌었는지 알아?"

우민이 고개를 저었다. 카타리나가 그것도 모르냐는 듯 한껏 의기양양해하며 설명조의 어투를 이어갔다.

"언어유희를 즐기는 미국식 농담을 최대한 배제하고, 보편적인 상황을 통해 이야기를 끌어갔기 때문이야. 그래서 많은 사람들의 공감대를 형성할 수 있었지."

카타리나는 그게 끝이 아니라는 듯 물었다.

"자, 그럼 여기서 질문. 프리즌 브레이크가 인기를 끈 이유는?"

이번에도 우민이 고개를 저었다.

"푸하하, 너 뭐야. 드라마를 보긴 보냐? 그래서 재밌는 극본을 쓸 수나 있겠어?"

"히어로즈나 왕좌의 게임은 봤다."

카타리나가 좌우로 검지를 흔들었다. 입꼬리가 오른쪽 끝으로 잔뜩 올라가 있었다. 가소롭다는 표정이 역력했다.

"그 정도로는 안 되지."

그 표정이 얄미웠다. 한마디 해주고 싶었지만 반박할 말을 찾기 힘들었다.

자신이 미국 드라마를 별로 보지 않은 것은 사실이었다. 점점 올라가기만 하는 카타리나의 콧대가 하늘을 찌를 것 같았다.

"에헴, 그럼 나한테 극본을 한번 보여줘 봐. 드라마 전문가인 내가 없는 시간 내서 평가해 줄 테니까."

쉴 새 없이 몰아치는 카타리나의 화술에 우민이 슬쩍 자리를 비켰다. 재빨리 우민이 앉아 있던 자리를 차지한 카타리나의 미소가 한층 짙어졌다.

'이우민, 한국에서의 치욕. 내 아직 잊지 않았다!'

자리에 앉은 카타리나가 빠르게 '울분'을 읽어나갔다.

*　　　　*　　　　*

쾅!

"이 나쁜 개자식들이!"

글을 읽어나가던 카타리나가 분노를 참지 못하고 주먹으로 책상을 내려치며 자리에서 일어났다.

"민아를 건들지 말란 말이야! 우민, 저 자식들 다음 화에서 바로 교도소로 보내 버려. 알았어?"

"그런 조언이라면 사양이다."

감정에 놓쳐 버렸던 이성을 다시 찾은 카타리나가 머쓱한 웃음을 지으며 자리에 앉았다.

"아, 하하. 내가 너무 글에 몰입했나 보네. 조금만 기다려 봐. 내가 이 글의 잘못된 점을 명명백백히 파헤쳐 줄 테니까."

한껏 의지를 다진 카타리나가 다시 침착하게 자리에 앉았다. 30분 정도 지났을까, 침대에 누워 있던 우민을 불렀다.

"우민, 이건 한국 드라마가 아니야."

진지한 어조에 우민도 침대에서 일어나 카타리나에게 다가갔다.

삐걱.

소리를 내며 의자가 돌아갔다. 카타니라가 도도하게 고개를 치켜세우며 말했다.

"이건 내가 한국에서 많이 보던 로맨스랑 너무 비슷한데? 여주인공에게 굳이 남자 주인공이 관심을 표현할 필요가 있을까? 더구나 시작하자마자 학교에서 살인 사건이 일어나고, 담당 선생님의 불륜 사실이 들통나다니, 이게 무슨……."

단어를 생각하던 카타리나가 한국어로 말했다.

"막장 드라마야."

"정확하게 보긴 했네."

"그렇지. 내 눈이 얼마나 정확한데. 이건 마치 한국에서 많이 보던 막장 드라마랑 똑같잖아. 물론 이야기의 흐름을 관통하는 중심 구성이 탄탄하긴 하지만 주변에서 일어나는 일들이 너무 막장이야."

"당연하지. 그렇게 내가 구성을 했으니까."

"뭐?"

"욕하면서 보는 드라마."

"…여기가 어디라고 생각하는 거니. 수많은 미국인들이 이해할 것 같아? 애초에 그런 식의 구성으로 시청자들을 모을 수 없어."

이번에는 우민이 아니라는 듯 검지를 저으며 말했다.

"세계 최고의 극작가 아론 톰슨이 참여한 드라마야. 초반 시청률은 확보된 셈이지."

우민의 자신만만한 말을 카타리나가 비아냥거림으로 응수했다.

"그다음은? 그다음은 어쩔 건데. 어휴, 시청자들 뚝뚝 떨어져 나가는 소리가 내 귀에까지 다 들리네."

"미국 대통령이 당선되었을 때 모두들 믿을 수 없는 결과에 놀라 원인 분석에 열을 올렸지."

우민은 차분히 말을 이어나갔다.

"고등 교육을 받지 못한 미국 백인 남성. 그들이 주요 지지층이었어."

카타리나는 우민이 의도하는 바를 아직 잘 모르겠다는 듯 물었다.

"그래서. 그게 뭐."

"내가 만드는 이 드라마를 봐야 할 건 바로 그들이야. 그러면 그들이 좋아하는 '막장' 구성을 넣어야지. 그리고 왜 '막장'으로 가면 안 되는지 깨닫게 만들어야지."

"너는 도대체… 무슨 말을 하는지 모르겠다."

"그 소리 벌써 서른두 번째 하는 건 알고 있니?"

카타리나가 도대체 이해가 되지 않는다는 듯 절레절레 고개를 저었다.

결국 그녀는 자리에서 일어나 말했다.

"나가자. 하루 종일 글만 쓰면 안 답답하니? 나가서 바람 좀 쐬고 오자."

우민은 단호하게 거부했다.

"싫어."

"싫어도 가야 해. 어머님이 내게 신신당부하셨거든. 가만히 내버려 두면 하루 종일 방 안에만 틀어박혀 있을 게 뻔하다, 네가 좀 데리고 나가 놀게 만들어라. 그런 특명을 받은 몸이라고."

좀처럼 자리에서 일어나지 않는 우민을 보며 카타리나가 쿠에시에게 도움을 청했다.

"쿠에시, 우민이 좀 데리고 나가자!"

"시, 싫어."

순간 방 안의 분위기가 빠르게 가라앉았다. 카타리나도 놀랐는지 별다른 말을 하지 못했다.

우민이 슬쩍 자리에서 일어났다.

"야, 알았으니까. 나가자."

둘이 나갈 때까지 쿠에시는 자리에 앉아 아무 말도 하지 않았다.

* * *

유민아가 다니는 고등학교 근처.

김혜은의 검은색 세단이 들어서자마자 아이들의 수군거림이 시작되었다.

"유민아다!"

"얼마 전에 박보겸이랑 CF 찍었다더라."

"우왕, 좋겠다. 보겸 님 얼굴이라도 봤으면."

"더 대박이 뭔지 알아?"

"이번에 미국 드라마 출연이 결정됐다고 하던데?"

"뭐?"

차에서 실제로 유민아가 내리자 아이들도 말을 멈춘 채 그녀를 바라보았다.

부드럽게 웨이브를 타고 있는 머리칼이 햇빛을 받아 반짝였다. 티 없이 맑은 피부가 유민아의 미모를 한층 독보적으로 보이게 만들었다.

"어서 들어가."

"너… 정말 미국 갈 거야?"

"나한테도 기회야. 엄마도 항상 할리우드를 동경했잖아."

"그건 그냥 동경일 뿐이야. 그 이상을 실제로 바란 건 아니었다고."

"내가 실제로 이뤄줄게."

김혜은이 고개를 저으며 긴 한숨을 내쉬었다. 자식 이기는 부모 없다는 말이 실감되는 순간이었다. 포기한 김혜은이 혼잣말로 중얼거렸다.

"은영이한테 어서 집이나 알아봐 달라고 해야겠다."

"알았으니까. 빨리 주차시키고 따라오기나 해."

차에 남아 있으려는 김혜은에게 유민아가 '빽' 소리를 질렀다. 김혜은이 머쓱해하며 웃었다. 학교의 전학이나 자퇴는 부모의 동행이 필요하다.

끝까지 운전석에 남아 있으려 했으나 들통나 버렸다.

"이년아, 소리 좀 지르지 마. 귀청 떨어지겠어."
빠르게 차를 주차시킨 김혜은이 유민아를 따라나섰다.

*　　　*　　　*

막장 드라마.
출생의 비밀, 삼각관계를 넘어선 오각, 팔각 관계. 그리고 물질 만능주의까지 비현실적이고 자극적인 요소들로 가득한 드라마를 말한다.
미국에도 막장 드라마가 있다. 불륜을 하다 걸린 남편의 여자와 사랑에 빠진 여자, 친구의 여자 친구와 사랑에 빠져 하룻밤을 보내고는 아무 일 없었다는 듯 쿨하게 돌아서는 남녀 등등.
한국식 막장과는 형식이 다르지만 충분히 많은 내용들이 이미 방송을 탔다.
하지만 아론 톰슨이 집필한 각본에서 막장식 구성이 선보인 적은 단 한 번도 없었다.
탄탄한 배경에 개성 돋는 인물들이 대화를 통해 '드라마'를 이끌어 나갔다.
그런 실력을 인정받아 미국 텔레비전 제작 협회에서 수여하는 에미상에서부터 아카데미 각본상까지 수상했다.

언제나 시대의 담론을 담으려 했고, 방송인으로서 사회 비판적인 기능을 수행하려 노력했다.

단연코 이런 흥미 위주의 막장 드라마는 쓰지도, 보지도 않았었다.

"내용은 비슷하지만 소설과 분위기가 너무 다르잖아."

우민이 써낸 극본에서는 '울분'이라는 소설에 담겨 있던 진지한 고민이 하나도 느껴지질 않았다.

오로지 시청자들의 흥미를 끌기 위해 써졌다는 것을 알 수 있었다.

"이렇게 쓰라고 해도 쓰기 힘들겠어……."

많은 작가들이 드라마에 재미를 담기 위해 노력한다. 하지만 대부분이 실패한다.

겨우 15살의 어린 나이인 소년이 삼 일만에 보내온 극본은 어른인 자신이 보기에도 재미가 있었다.

이런 재미라면 '파일럿 시사회'는 무난히 통과할 것 같았다. 그러나 자신이 드라마에 담고 싶었던 현 미국의 상황에 대한 고뇌가 사라져 버릴 것 같았다.

"이런 걸 의도한 게 아닌데……"

아론 톰슨이 극본을 찬찬히 읽어 내려갔다. 재미는 약간 떨어지더라도 시청자들에게 생각할 거리를 던져주려는 것이 본래의 의도였다.

몇 번을 다시 읽어봤지만 이대로는 안 된다. 아론 톰슨이 옆에 있던 수화기를 들었다.

*　　　　*　　　　*

넷링크의 이번 프로젝트 디렉터도 우민이 보내온 극본을 확인했다.

"흐음……."

확실히 원작이 되는 소설과 분위기가 변해 있었다. 흥미 위주의 자극적인 장치들이 넘쳐났다.

"현 정부와 각을 세우는 부담은 확실히 줄었어."

전체적인 분위기가 변함에 따라 회사가 가지고 있던 부담은 확실히 줄었다.

그러나 이런 식이라면 아론 톰슨이 반대할 게 뻔했다. 그가 이 작품을 택한 건 '비판'을 위해서다. '시청률'을 위한 게 아니었다.

"아론이 이대로 진행하려 하지 않을 텐데……."

디렉터의 걱정은 채 일 분도 지나지 않아 현실이 되었다. 새 메일이 도착했다는 아웃룩의 알람을 클릭하자 아론이 보낸 전체 메일이 도착해 있었다.

—극본 검토 관련 회의 요청.

회의실에 도착한 디렉터는 입을 꾹 다문 채 자리를 지켰다. 회사 입장에서만 보면 우민의 편을 드는 게 맞았다. 하지만 어렵사리 섭외한 아론 톰슨의 심기를 거슬리게 만들고 싶지도 않았다.

그래서 택한 방법은 경청.

우민과 아론 톰슨의 갑론을박에 별다른 의견을 내지 않고, 그저 지켜보기만 했다.

"이건 소설의 본질을 해치고 있다니까."

"제가 그 '소설'을 쓴 작가입니다. 해치고 싶어도 해칠 수가 없는 상황이라고요."

"드라마에는 드라마만의 작법이 있어. 그런데 이건… 너무……."

아론 톰슨이 차마 입에 담지 못하고, 인상을 쓰며 우민을 바라보았다.

"저급하다는 말씀이십니까?"

"맞아. 소설과 분위기가 너무 다르잖아."

한 자리 차지하고 앉아 있던 카타리나가 고개를 끄덕였다. 우민은 '피식' 코웃음을 쳤다.

"똑같은 이야기를 어려운 단어들을 써서 난해한 방식으로 풀어내면 고급이고, 쉽게 직선적으로 풀어내면 저급해지는 겁니까?"

"내 말은 그런 게 아니라, 사건의 구성이나 인물의 성격을 드러내는 방식을 말하는 거잖나."

"흔히 예술과 외설을 가르는 기준으로 꼽는 것들이 있습니다. 뭔지 아십니까?"

쉽게 답을 못 하는 아론을 보며 우민이 말했다.

"홀딱 벗으면 외설, 살짝 가리면 예술. 아랫도리가 적나라하게 보이면 외설, 살짝 가리면 예술 등등 수많은 말들이 있지요."

우민이 내는 의견에 차츰 사람들의 귀가 쏠렸다. 아론도 더 이상 자신만의 의견을 고집하지 않고 우민이 하는 말에 귀를 기울였다.

"제가 보내 드린 극본과 소설의 차이점도 이와 같습니다. 소설에서는 적당히 감추고, 시간적 순서를 달리하며 학교 내에서 일어나는 사건들을 표현하고 있습니다."

말을 이어가던 우민이 목이 탄지 앞에 놓여 있던 물을 한 잔 마셨다.

"하지만 이 극본에서는 아니지요. 적나라하게 전부 표현했습니다. 왜냐고요?"

답을 구하려고 물어본 질문이 아니다. 자리에 앉아 있던 사람들 모두 우민의 입만을 바라보았다.

그러나 대답은 엉뚱한 곳에서 들려왔다. 한 자리를 차지하고 있던 카타리나, 그녀였다.

"고등 교육을 받지 못한 미국 백인 남성을 이걸 봐야 할 대상으로 삼고 있으니까요."

우민에게 찡긋거리며 신호를 보낸 그녀가 말을 이었다.

"그들이 이 드라마를 봐야 합니다. 보고 깨달아야지요. '막장'이 주는 결말은 결코 유쾌하지 않을 것이다. 당신들의 선택은 잘못되었다. 어렵게 그려간다면 과연 그들이 볼까요? 소설과 비슷한 구성으로 과거의 추억을 더듬어가며, 현실과의 교차점을 만들고, 그 속에 복선을 깔아 다시 한번 읽게, 그리고 보게 만든다면."

빠르게 말을 쏟아낸 카타리나가 잠시 숨을 골랐다.

"과연 그들이 이 드라마를 보겠냐는 말입니다. 지금 제작되는 드라마는 많은 사람들이 봐야 합니다. 그러기 위해서는 많은 사람들이 좋아할 만한 요소를 넣어야지요."

아론 톰슨이 놀란 눈으로 카타리나를 쳐다보았다. 이 적갈빛 머리색 소녀가 토해내는 생각의 깊이가 간단치가 않았다.

듣고 있던 우민이 어깨를 으쓱하며 거들었다.

"제가 하고 싶었던 말을 다 해주었네요."

침음성을 삼키던 아론 톰슨이 숙고에 들어갔다. 그렇게 몇

분의 시간이 흐른 후 감고 있던 눈을 뜨며 고개를 끄덕였다.

"자네가 추천했던 이유가 있었군."

우민은 이번에도 어깨를 으쓱거렸다.

"좋아. 그렇게 하지. 이 친구도 작가 팀에 합류시키는 걸로 해."

"꺄아악!"

앉아 있던 카타리나가 괴성을 지르며 자리에서 벌떡 일어났다. 믿기지 않는지 아론 톰슨을 향해 몇 번을 다시 물었다.

"정말요? 저도 정말 팀에 합류시켜 주시는 겁니까? 우와! 말도 안 돼. 어떻게 이런 일이 있을 수가 있지. 사실이 아닐 거야."

오두방정을 떠는 카타리나의 모습에 아론이 인자한 미소를 지었다.

"사실이니까 걱정하지 말게나. 우민의 추천도 있었기에 고려는 하고 있었어. 앞으로 잘 부탁하지."

아론이 내민 손을 맞잡은 카타리나의 두 눈이 초롱초롱 빛나고 있었다.

그 안에는 우민에 대한 고마움도 한가득 담겨 있었다.

*　　　　*　　　　*

회의가 끝나고 기숙사로 돌아가는 길.

카타리나는 여전히 흥분을 감추지 못했다.

"우민, 어쩜 이 은혜는 정말 평생 잊지 않을게. 아론 톰슨과 함께 작업을 할 수 있다니 정말 꿈만 같아. 이렇게 내 부탁을 다 들어주고, 정말! 너는 너무 사랑스러운 아이구나."

카타리나가 입술을 쭉 내밀고 뽀뽀를 시도했다. 우민이 고개를 슬쩍 돌려 피했다.

"앞으로 열심히 해서 아론 톰슨의 사단에 들도록 해봐. 내가 해줄 수 있는 건 기회를 주는 것까지야. 그다음은 네 몫이라는 걸 알아야 해."

"물론이지! 어떻게 잡은 기횐데 정말 최선을 다할 거야."

"너에게서 작은 '싹'조차 볼 수 없었다면 나도 굳이 추천하지 않았을 거야. 수많은 드라마를 섭렵하며 쌓인 '눈'이 있기에 나도 추천을 했던 거고."

"응! 응!"

그녀는 마치 한 마리의 순한 강아지라도 된 양 고개를 끄덕였다. 우민은 차창 밖으로 시선을 던졌다.

그런 우민을 손석민이 흐뭇하게 바라보았다. 이렇게 친구를 챙겨주는 모습이 기특하기 그지없었다.

손석민이 백미러를 통해 카타리나를 보며 말했다.

"아론 톰슨의 팬에서 작업을 같이 하는 동료가 되다니 정말 잘됐구나. 카타리나."

"제 나이대의 친구들 중에 아론 톰슨과 일해본 사람은 한 명도 없을걸요? 정말 엄청난 기회를 잡은 거라고요."

말을 하고 보니, 어째 우민에 대한 칭찬이 되어버렸다. 우민은 함께 일을 하는 것을 넘어서서 아론 톰슨이 그의 말을 귀담아듣는 수준이다.

그러면 또래에 비해 도대체 얼마나 앞서 나가고 있다는 말일까.

가늠이 되질 않았다. 우민이 그런 카타리나를 향해 한마디를 '툭' 던졌다.

"아프리카 가서 굶어보라고 할 땐 언제고."

카타리나의 얼굴이 순식간에 붉게 달아올랐다.

"내, 내가 언제!"

"며칠 전 인천공항에서 기억 안 나? 흐음… 이 정도 기억력이면 팀에서 빼달라고 해야겠는데……."

우민이 고개를 갸우뚱하며 하는 말에 카타리나가 소리를 빽 질렀다.

"야!"

"바로 오늘부터 작업 시작이니까. 각오 단단히 하는 게 좋을 거야. 알지? 한번 시작하면 어떻게 되는지."

카타리나가 순간 움찔거리며 몸을 떨었다. 충분히 알고 있다. 한국에서 로맨스 소설을 쓰며 우민의 악독함에 치를 떨었다.

"그때처럼 하면 안 되고, 그때보다 잘해야 된다."

"아, 알았어."

카타리나의 음성이 살짝 떨리고 있었다.

*　　　*　　　*

쿠에시는 기숙사에 홀로 남아 여전히 책상 앞에 앉아 있었다. 엉덩이로 글을 쓰라는 우민의 말이 맞긴 한 건지 하루 종일 앉아 있으니 몇 자 적을 수 있기는 했다.

하지만 다시 읽어보면 영 마음에 들지 않았다. 자신이 읽어봐도 재미가 없는데 과연 다른 사람들이 읽어줄까?

쿠에시는 자신이 없었다.

"휴우……."

길게 한숨을 내쉰 쿠에시의 눈에 우민의 책상이 들어왔다. 책상 위에 놓여 있는 공책들, 그리고 노트북이 보였다.

"안 돼. 쿠에시, 그러면 안 돼."

혼잣말을 중얼거리던 쿠에시의 엉덩이가 들썩였다.

"그, 그냥 참고만 하는 거야. 참고만 하는 건데 뭐 어때."

계속해서 스스로에 대한 변명거리를 찾아내 중얼거리며 결국 자리에서 일어났다. 이마에서 식은땀까지 흘러내렸다. 등뒤는 이미 축축하게 젖어 있었다.

삑.

소리가 나며 우민의 노트북에 불이 들어왔다. 쿠에시는 아무도 없음에도 움직임을 최소화하며 밤 고양이처럼 조용히 주변에 있던 공책들을 펴보았다.

우민이 끼적인 습작들이 보였다. 한번 읽어 내려가기 시작하자 멈출 수가 없었다.

아예 자리를 잡고 앉아 노트북에 저장되어 있는 파일들을 이것저것 클릭해 보았다.

"이렇게 많은데 참고 좀 한다고 해서 모를 거야."

우민은 보통 공책에 대충의 구성을 잡은 뒤 노트북으로 좀 더 상세하게 이야기를 작성해 나간다. 그렇게 쌓여 있는 습작이 폴더에 한가득이었다.

쿠에시가 정신없이 폴더에 있는 글들을 읽어나가기 시작했다. 이미 죄책감 따위는 눈 녹듯 사라져 보이지 않았다.

제5장

히트하는 작품

하하호호.

복도에서부터 카타리나의 웃음소리가 들렸다. 극도의 긴장 속에서 우민이 쓴 글을 살피던 쿠에시가 황급히 제자리로 돌아갔다.

벌컥.

마치 딱 맞추기라도 한 것처럼 문이 열리고, 우민과 카타리나가 함께 방으로 들어왔다.

"쿠시! 오늘 무슨 일이 있었던 줄 아니? 너도 들으면 정말 깜짝 놀랄걸."

말을 하던 카타리나가 의아해하며 물었다.

"쿠시, 왜 이렇게 땀을 흘려. 더우면 에어컨을 켜."

"아, 아냐. 괘, 괜찮아. 하하."

카타리나는 어색하게 웃는 쿠에시에게 의심의 눈초리를 거두지 않았다. 앞뒤로 살펴가며 쿠에시의 전신을 샅샅이 훑던 그녀는 의미심장한 미소를 지으며 쿠에시의 어깨를 툭 쳤다.

"괜찮아. 성장기 청소년이라면 누구나 겪는 과정이니까. 부끄러워할 것 없어."

미소에 담긴 의미를 눈치챈 것일까. 검은 쿠에시의 얼굴이 짙은 홍조를 띠었다. 그는 한층 당황해하며 변명했다.

"그, 그런 거 아니라니까."

"괜찮아. 그래도 너무 많이 보진 마. 우리 오빠들이 그러는데 너무 많이 보면 정상 생활이 불가능하다고 하더라."

부끄러움에 붉으락푸르락하던 쿠에시가 결국 참지 못하고 벌컥 문을 열고 나갔다.

카타리나가 의아해하며 쿠에시가 나간 문을 바라보았다.

"요즘 들어 쟤 좀 이상한 것 같지 않아?"

우민은 굳은 표정으로 쿠에시가 나간 쪽을 보고만 있었다.

방금 전의 소란은 금세 잊은 듯 카타리나가 촉새보다 빠르게 속삭였다.

"파일럿 제작이 언제라고 했었지? 그럼 나도 배우들 오디션장에 들어가는 건가? 아!"

카타리나가 잠시 말을 멈추고 숨을 골랐다. 무슨 일인가 싶어 우민이 그녀를 바라보았다.

"잘생긴 배우들 볼 생각하니까 가슴이 떨린다. 설마 톰 행크스나 브래드 피트를 보는 건 아니겠지."

우민이 어이가 없다는 듯 얕은 한숨을 내쉬며 풀썩 침대에 누웠다.

"아직 파일럿 제작도 안 했단다. 파일럿 제작이 끝나고, 내부 시사회를 거쳐야 시즌이 제작될지 말지 결정돼. 이게 무슨 뜻인지 알겠지?"

"천만 불짜리 각본이 파일럿에서 그친다는 게 있을 수나 있는 일이야? 더구나 우민! 네가 하는 일이야. 내부 시사회 반응은 이미 정해져 있는 거나 마찬가지 아니겠어?"

미국.

아직 자신은 미국이라는 나라를 잘 모른다. 이제 겨우 일 년 생활했을 뿐이다.

우민이 조심스럽게 답했다.

"이럴 때 한국인들이 하는 격언이 있지. 김칫국부터 마시지 마라."

"아니. 아론 톰슨이 직접 네 각본을 검토하며 말했잖아. 이건 오로지 시청률을 위해 쓰인 각본이다. '내가 써도 이렇게까지 쓸 자신은 없다'. 이 정도 칭찬이면 결과야 뻔한 것 아닌가?"

침대에 누운 우민이 고개를 돌려 창밖을 바라보았다. 환한 햇살이 창문을 통해 방으로 들어왔다.

"뻔한 것 같지만 뻔하지 않은 게 세상일이지. 그래서 더욱… 재밌는 거 아니겠어?"

의미심장한 우민의 말에 카타리나가 불쑥 얼굴을 들이밀었다.

"왜 무슨 일 있어?"

카타리나의 질문에 우민은 화제를 전환했다.

"그리고 너는 서브 작가라 오디션 참가까지는 안 돼."

"무슨 일이냐니까?"

카타리나가 포기하지 않겠다는 듯 집요하게 물었다.

"한 번만 더 물어보면 그 '서브 작가' 자리마저도 위태로워질 것 같은데?"

"훙! 이다, 훙! 훙!"

카타리나가 연신 콧방귀를 뀌며 방을 나섰다. 우민의 시선은 창문 쪽에서 떠나갈 줄을 몰랐다.

*　　　*　　　*

도망치듯 방을 빠져나온 쿠에시는 턱밑까지 숨이 차오르도록 달리고 또 달렸다.

살면서 이렇게 부끄러웠던 적이 없다. 스스로가 너무 한심해 미칠 것만 같았다.

두 다리가 움직이지 않을 때까지 뛰었다.

"헉… 헉헉……."

체력의 한계에 멈춰 선 쿠에시가 교정에 우뚝 솟아 있는 거목에 손을 짚고 거친 숨을 몰아쉬었다.

"젠장, 내가 이것밖에 안 되는 놈이었나."

나쁜 짓을 하다 걸린 아이가 되어버렸다. 자신에게 희망의 홀씨를 선물한 친구의 것을 탐한 파렴치한이 되어버렸다.

어쩌다 이렇게까지 되어버렸을까. 방학 전까지만 해도 분명 잘 지내고 있었는데… 왜 여기까지 와버린 것일까. 쿠에시는 고민하고 또 고민해 보았지만 답은 이미 나와 있었다.

가족.

가족을 보자 조급증이 폭발했다.

"일단은… 가족만 생각하자……."

쿠에시가 힘없이 나무 기둥에 등을 대고 주저앉으며 중얼거렸다. 거친 숨은 잦아들고, 이마에서 흐르던 땀방울도 차츰 말라갔지만 혼란스러운 머릿속은 전혀 정리되지 않았다.

*　　　*　　　*

아론 톰슨이 각본을 쓴다는 말에 수많은 신인 배우들이 오디션장으로 몰려들었다.

비록 제한된 제작비 덕분에 출연료가 그리 크지 않지만 여기는 기회의 땅 미국 아닌가.

한번 이름을 알리면 그 뒤로 돈을 버는 건 순식간이다. 그러므로 가장 중요한 건 이름을 알리는 일이다.

흥행 보증 수표인 아론 톰슨이 각본을 맡는 드라마에 출연한다? 그것보다 배우 자신의 이름을 알리는 데 도움되는 일은 없다.

“23번 게리 벨슨, 들어오세요.”

안내 요원의 말에 우락부락한 남성 한 명이 오디션장으로 들어섰다.

“지원하신 배역이 학교의 학생회장으로 주인공인 전학생과 대립하는 인물이 맞습니까?”

오디션장을 들어온 남자가 힘차게 고개를 끄덕였다. 갈색 머리에 오뚝하게 솟은 큰 코, 뚜렷한 이목구비를 가진 전형적인 미국 백인 남성이었다.

인물을 확인한 아론이 옆에 있던 연출자에게 속삭였다.

"어때? 이번에 주목할 만한 신인이라고 소문난 친구라던데."

"연기를 한번 봐야 알 수 있을 것 같습니다."

이번에는 왼쪽 자리에 앉아 있던 우민에게 속삭였다.

"주연 배우진들 중 한 명으로 생각하고 있는 친구니까 잘 봐둬."

"저보다야 감독님 마음에 들어야지요."

앞에 있던 게리 벨슨이 연기를 시작했다.

초조하게 자신의 차례를 기다리던 유민아가 자리에서 벌떡 일어났다.

"네!"

"입장하세요."

안으로 들어서자 파란 눈의 외국인들이 일제히 자신을 쳐다보았다. 순간 사고 회로가 정지되어 머릿속이 하얗게 변해 버렸다.

아무런 생각도, 아무런 행동도 할 수가 없었다.

'이, 일단 이, 인사라도 해야 해.'

자신도 나름 한국에서 인정받고 있는 인기 스타다. 하지만 이곳에서 자신의 이름을 알고 있는 건…….

'어?'

정지되어 있던 머리가 다시 돌아가기 시작했다. 오디션장에 자신도 익히 얼굴을 알고 있는 아이가 앉아 있었다.

'우민이다.'

덕분에 이곳까지 올 수 있었다. 추천을 해주고, 미국으로 올 수 있는 동기부여를 해주었다.

미국으로 오는 결정에 가장 큰 역할을 한 아이이자 자신의 짝사랑이었다. 멈춰 있던 심장이 두근거리며 온몸에 차츰 피가 돌기 시작했다.

심장에서 시작된 펌프질이 머리까지 피를 올렸다. 그제야 입이 열리고, 몸이 움직였다.

유민아가 꾸벅 고개를 숙이며, 인사했다.

"안녕하세요. 유민아라고 합니다."

한번 몸이 풀리고 나자 다음부터는 일사천리였다. 유민아는 한국에서 자신이 받고 있는 인기가 결코 외모만이 아니라는 사실을 증명해 나갔다.

* * *

'달동네 아이들 할 때도 느꼈지만 확실히 연기에 재능이 있어.'

유민아가 제공된 대본을 읽어나가자 분위기가 확 변했다. 우민이 생각하던 상상 속의 인물이 현실이 되어 눈앞에 있는 것 같았다.

'울분' 속 주인공의 이름도 민아.

유민아를 모티브로 차용했다.

우민이 슬쩍 아론과 연출자를 살펴보았다.

진지한 표정으로 고개를 끄덕이며 보고 있는 것이 긍정적인 반응을 기대해도 될 것 같았다.

'여주인공 자리는 무난할 것 같은데.'

처음의 긴장한 모습은 더 이상 찾아볼 수 없었다.

"나는 너희들의 천적이 아냐. 너희들의 그런 강박이 있지도 않은 적을 만들어내고 있는 거야."

"아니. 이번만큼은 반대를 위한 반대를 하겠어. 대화가 통하지 않는 상대에게 굳이 이성적인 행동을 할 필요는 없으니까."

짧지 않은 대사를 한 치의 흔들림도 없이 연기해 나가던 유민아가 눈을 반짝였다.

그러고는 이곳에 온 가장 큰 이유인 우민에게 차츰 한 걸음씩 다가갔다.

"기억해. 너희들이 쓸모없다고 생각하는 그 '감정'에 목숨을 거는 사람도 있어."

유민아가 점점 다가올수록 우민의 두 눈도 점점 커졌다. 유민아는 마치 우민이 상대 배우라도 되는 양 행동했다.

"케이! 나를 봐! 어서 눈을 뜨고 나를 보란 말이야!"

유민아는 주어진 대본 중에서 가장 감정이 절정에 달하는 부분을 연기해 나갔다.

학교에 도착해 사귄 가장 친한 친구가 의문의 죽임을 당한다. 하지만 학교에서는 자살로 처리. 친구의 주검을 발견한 주인공이 울부짖는 대사였다.

"어서!"

바로 코앞까지 다가와 소리치는 유민아 덕에 심사 위원들의 시선도 우민에게로 쏠렸다.

짝.

짝짝.

다행히 연출자로부터 시작된 박수 소리에 유민아의 연기가 우민의 코앞에서 정지했다.

당황했던 우민도 박수를 치며 유민아를 응원했다.

*　　　*　　　*

몇 달 뒤.

파일럿 영상 내부 시사회 당일.

우민은 아론 톰슨, 연출자, 카타리나, 그리고 주연 배우진들과 함께 맨 앞자리에 앉아 있었다.

"어, 누나… 아……."

유민아는 눈만 살짝 까딱이며 우민을 지나쳐 지정된 자리에 착석했다.

넷링크 관계자들까지 모두 자리에 앉고 나자, 거대한 스크린에서 울분의 첫 화 파일럿 영상이 플레이되었다.

—아메리카 드림은 끝났다.

—드높은 담은 스스로를 고립시켜, 편협한 학생을 키워낼 뿐이다.

—그래도 나는 전학을 택할 수밖에 없었다.

—아직 세계 최고의 학교는 바로 이곳이니까.

유민아의 내레이션으로 시작된 영상은 40분 내내 숨 막히는 긴장감으로 관객들을 옥죄었다.

스릴과 서스펜스에 꽉 쥔 두 주먹을 펼 생각조차 하지 못했다.

연출된 영상은 우민이 각본을 쓰며 머릿속에 그리던 장면들을 하나도 빠짐없이 표현해 주었다.

'시청률은 얼마나 나올까.'

파일럿 통과는 당연한 결과라 생각했다. 우민은 그 이후의 일을 생각했다.

몇 시즌으로 제작될 것인지, 앞으로 작업은 어떻게 진행하면 좋을 것인지 등등의 생각에 잠겨 있는 사이 파일럿이 막을 내렸다.

정적.

영상이 주는 전율 때문인지 누구도 쉽게 입을 열지 못했다. 가장 먼저 정신을 차린 아론이 마이크를 잡았다.

"자, 그럼 영상을 보신 소감부터 한마디씩 들어볼까요?"

아론의 말에 카타리나에서부터 배우진들, 그리고 넷링크 관계자들까지 평을 이어나갔다.

더할 나위 없는 찬사의 향연.

시즌 제작은 거의 확정되는 분위기였다. 가장 마지막으로 프로젝트를 총괄하던 디렉터가 마이크를 잡았다.

"영상은 잘 봤습니다. 40분이라는 시간이 마치 1분처럼 짧게 느껴지더군요."

잠시 뜸을 들이던 디렉터가 말을 이었다.

"바로 시즌 제작해도 되겠습니다. 생각보다 영상이 잘 나왔어요. 제작비 좀 더 올리자고 건의해 보겠습니다. 이런 곳에 투자하지 않으면 어디에 투자하겠습니까."

예상했던 반응 그대로였다.

드라마로 제작.

우민은 영상이 주는 여운을 즐기는 듯 잠시 눈을 감고 있었다.

*　　　*　　　*

같은 시각.

쿠에시는 잉크 출판사 편집자를 만나고 있었다.

"그러니까 새로운 필명으로 책을 내고 싶다는 말씀이시죠?"

"보시다시피 내용이 성인 소설이라… 본명으로 내는 것이 부담이 됩니다."

잉크 출판사 편집자가 쿠에시가 가져온 원고를 다시 한번 뒤적거렸다.

'그 남자의 32가지 모습'이라는 성인 소설이 소위 대박을 친 후 성인 소설이 봇물 터지듯 쏟아져 나오고 있는 중이었다.

작품은 확실히 마음에 들었다.

"어린 나이에 이런 성인 소설을 쓰다니 '천재'라는 게 있다는 걸 실감할 뿐입니다."

편집자의 칭찬에 쿠에시가 어색한 미소를 흘렸다. 원고를 살피던 편집자가 궁금하다는 듯 물었다.

"그런데 에이전트를 보내셔도 될 텐데. 어떻게 이곳까지 오셨습니까?"

편집자의 질문에 쿠에시의 어색한 미소가 한층 짙어졌다.

"그게… 어쩌다 보니… 그것보다 필명을 바꾼 건 아무에게도 말하지 말아주세요."

사정이 있어 보이는 모습에 편집자도 더 이상 묻지 않았다. 어차피 만남과 이별은 언제나 반복되는 일 아닌가?

* * *

방문을 열려던 손이 멈칫거렸다. 안에서 들리는 화기애애한 말소리에 문고리를 잡으려던 손을 쥐었다 펴길 몇 차례. 쿠에시가 결심한 듯 문고리를 잡고 돌렸다. 카타리나가 쿠에시를 반겼다.

"쿠에시! 이게 얼마만이야! 얼굴 보기가 왜 이렇게 힘들어."

"그, 그냥 뭐. 이래저래 바빴어."

쿠에시는 차마 글을 썼다고 솔직하게 말하지 못했다. 카타리나는 신경 쓰지 않은 채 오늘 있었던 일을 말하는 데 여념이 없었다.

"우리는 오늘 드라마 제작 결정 났어. 파일럿 영상을 보자마자 디렉터가 박수갈채를 보내더라."

"그, 그래? 잘됐네. 축하해. 아론 톰슨과의 작업이라니 정말 부, 부러운걸."

어색한 웃음을 흘리며 쿠에시가 말을 더듬었다. 부자연스러운 말투가 이질감을 만들어냈다.

카타리나가 쿠에시의 어깨를 두드리며 말했다.

"내가 나중에 너도 추천해 줄 테니까. 너무 부러워하진 마. 호호호호!"

대화를 하던 쿠에시가 슬쩍 우민의 눈치를 살폈다. 우민은 지그시 자신을 보고 있었다.

무의식적으로 한 걸음 물러났다.

"우, 우민, 축하해."

"그래."

단답형 대답이 더욱 양심의 가책을 느끼게 만들었다. 혹시나 눈치채고 있는 것일까?

습작을 훔쳐보고 거기서 아이디어를 얻어 글을 썼다는 사실을 다 알고 있는 건 아닌가 하는 의심마저 들었다.

"그, 그래. 나는 피곤해서 먼저 누울게."

지금 시간이 겨우 저녁 8시.

그러나 더 이상 길게 대화할 자신이 없었던 쿠에시가 먼저 침대에 누웠다.

카타리나가 그런 쿠에시를 이상하다는 눈빛으로 바라보았다.

자고 있는데 떠들 수도 없는 일.

카타리나가 우민을 끌고 밖으로 나왔다.

"요즘 쿠시 좀 이상하지 않아? 자꾸 우리를 피하는 것 같단 말이야."

"피곤한가 보지."

"아무리 피곤해도 그렇지. 정말 사춘기라도 온 걸까."

우민은 조용히 앞에 놓여 있던 음료를 마셨다.

"너는 뭐 알고 있는 거 없어? 매일 같이 생활하잖아."

"없어."

"요즘 너도 좀 이상한 거 알아? 쿠시 말만 나오면 입을 닫아 버리잖아. 뭐야, 뭔데."

우민이 굳은 얼굴로 입을 닫았다.

"아무것도 없다. 그것보다 앞으로 어떻게 각본 쓸지 구상해야 할 텐데, 이렇게 노닥거리는 시간이 있을지나 모르겠어."

카타리나가 의기양양해하며 말했다.

"이미 이 몸의 머릿속에는 수백 가지의 아이디어가 있다고. 나중에 깜짝 놀라지나 마."

"제발, 한 번이라도 깜짝 놀랐으면 좋겠다."

"뭐야!"

남아 있던 음료를 벌컥 마신 우민이 자리에서 일어났다.

"나도 바빠서 이만 일어난다."

불만 가득한 얼굴의 카타리나가 혼잣말로 중얼거렸다.

"한국인은 정이 많다던데. 저 자식은 정이 없어, 정이."

투덜거리던 카타리나도 자리에서 일어났다. 시간은 없고, 할 일은 많았다.

우민의 말대로 이러고 있을 시간이 없다.

*　　　*　　　*

꿈에 그리던 미국 진출이 비록 딸을 통해서라지만 이뤄지자 김혜은은 흥분을 감추지 못했다.

"제작하기로 결정 났다고?"

"응. 거기 디렉터분이 그렇게 말씀하셨어. 제작비도 올리겠다고 말씀하시던데?"

김혜은이 할 말을 잃고 유민아를 바라보았다.

"미국에서 드라마라니……."

한국과 미국은 다르다. 미국에서 제작된 드라마는 전 세계로 퍼져 나간다.

곧 세계에 이름을 떨치는 스타가 될 수 있는 가능성이 열렸다는 뜻이다.

바로 자신의 딸 유민아가 슈퍼스타가 된다는 말이었다.

"제작해도 앞으로 시청률이 잘 나와야 계속 진행되는 거지. 시청률 안 나오면 바로 조기 종영이야."

"아론 톰슨과 우민의 조합인데 조기 종영될 턱이 있나. 연출만 삘짓하지 않으면 시즌 2, 3을 넘어 10까지 갈 수도 있어."
"엄마, 벌써부터 김칫국 마시지 말자."
유민아의 말에 김혜은이 다시 한번 마른침을 삼켰다. 미국 진출. 앞으로 할리우드에서 영화를 찍고, 전 세계인의 환호를 받을 일만 남은 것 같았다.
김혜은에게 미국은 곧 할리우드였다.
"우리 민아가 미국이라니… 할리우드라니……."
김혜은은 믿기지 않는지 말을 잇지 못했다. 감동의 쓰나미가 흘러가자 김혜은의 궁금증이 불쑥 고개를 들었다.
"그래서 우민이는 뭐래?"
"뭐긴 뭐래. 그냥 작가와 출연자의 관계지."
"우민이가 너 여기 출연할 수 있게 힘써줬잖아. 관심도 없는데 그랬을 리가 있어?"
"엄마, 나 미국으로 오면서 다짐했어. 열심히 연기하자. 내가 잘하는 연기로 인정받자. 우민이 생각은 잠시 접어두려고."
김혜은이 그런 유민아가 안쓰럽다는 듯 머리를 쓰다듬었다. 김혜은이 다 안다는 듯 중얼거렸다.
"그래, 그렇게 해. 그렇게 하자."
저 마음 이면에 숨어 있는 그리움의 깊이가 느껴졌기에 김혜은은 굳이 아무 말도 하지 않았다.
연기 집중한다면 어차피 잘된 일이다. 연기자는 시련과 고

난을 거쳐야 더 단단하게 성장한다.

성장의 과정이라 생각하기로 했다.

*　　　　*　　　　*

<미국 진출 유민아. 'Indignation' 드라마 주연 확정>

<차세대 스타 유민아. 미국 드라마 출연 확정 소식에 YH 엔터 주식 강세>

<한국이 낳은 스타, 세계에 이름을 떨치다>

미국에서는 아직 기사화되지도 못한 일이 한국에서는 N포털의 실시간 검색어에까지 오르며 이슈화가 되고 있었다.

유민아 소속사 홍보팀의 힘으로 연일 사람들의 입에 오르내렸다.

<이우민 작가의 '울분' 미국 드라마화 결정>

<한국이 버린 보석을 알아본 미국>

<한국 인재 관리 시스템 총체적 난국>

등등의 기사들도 심심치 않게 보였다. 우민의 조언을 받으며 회귀 마법사를 쓰던 함수호도 기사를 확인했다.

"정말 우민 작가님은 클래스가 다른 분이구나."

우민이 판타월드에 연재하고 있는 작품은 벌써 10권이 넘게 진행되었지만 조회 수는 여전히 3만을 유지하고 있었다. 게다가 판타월드 독점 연재가 풀리고 N포털에 연재가 시작되자마자 1위를 차지해 한 번도 1위 자리에서 내려온 적이 없었다.

업계에서 예측하기를 작가에게 돌아가는 한 달 수입만 1억이 넘을 거라는 말들이 떠돌고 있었다.

그런데… 미국에서 드라마화되는 소설의 원작자에, 아롬 톰슨이라는 유명 작가와 공동 각본까지 참여한다니, 끝없는 그의 능력에 질투를 넘어선 경외감이 들었다.

그 와중에도 간간히 자신의 작품을 읽고 조언을 해주고 있었다.

"한국으로 돌아오시면 밥이라도 사야지… 아니, 이제는 내가 만날 수 있는 분이 아닌가……."

함수호는 잡생각을 접고 다시 '회귀 마법사'를 써 내려갔다. '회귀 마법사'도 꽤 인기를 끌어 벌써 7권이 연재되는 와중에도 조회 수 7천 이상을 유지하고 있다.

한 달에 천만 원이 넘는 수입을 올리고 있었다. 그 모든 것이 우민 덕분이었다.

*　　　*　　　*

잉크 출판사의 VIP 작가인 우민에게는 출판사에서 신작 소설이 발간될 때마다 한 권씩 책을 보내온다.

이번에 온 책의 제목은 'To Her'라는 제목의 성인 소설이었다.

"……."

우민은 조용히 책을 읽어 내려갔고, 쿠에시는 안절부절못하며 방 안을 서성이다, 바깥을 나갔다가 다시 돌아오길 몇 차례. 결국 책상 앞에 앉아 다리를 떨었다.

탁.

긴장된 시간이 지나가고, 우민이 읽고 있던 책을 덮었다. 온 신경을 우민에게 쏟고 있던 쿠에시도 그 소리를 들었다.

두 눈을 질끈 감았다.

비수처럼 날아올 우민의 어떤 질책도 달게 받겠다는 마음가짐으로 입술을 앙다물었다.

그러나 조용했다.

아무런 말도 들려오지 않았다. 의아해하던 쿠에시가 고개를 돌렸다.

침대에 누워 책을 읽던 우민이 책상 앞에 앉아 노트북을 만지고 있었다.

'이렇게 걸릴 줄 알았다면… 미리 말할걸. 아…….'

조금만 더 뒤에, 조금만 더 뒤에 말하겠다며 미뤘다. 혹시나 우민이 자신이 낸 책을 보지 않을 가능성도 상정했다.

더구나 다른 필명으로 낸 책 아닌가. 자신이 썼다는 사실은 꿈에도 모를 것이라 생각했다.

그러나 도둑이 제 발 저린 법이다. 쿠에시는 태연하게 같은 공간에 앉아 있기가 힘들었다.

"쿠시? 이거 읽어봤어? 성인 소설인데 표현력이 엄청 섬세해. 나도 이렇게까지 표현할 자신은 없는데 말이야. 너도 한번 읽어보면 좋을 것 같은데."

우민이 책을 들어 보이며 말했다.

"하… 하하. 그, 그런가."

"과하지도, 그렇다고 모자라지도 않게 표현되어 있어. 오히려 그런 점이 더 자극적이랄까? '애쉬'라는 작간데 출판사에 한번 만나게 해달라고 말해볼까?"

쿠에시가 벼락같이 자리에서 일어나며 소리쳤다.

"안 돼!"

이마에서 뚝뚝 식은땀이 흘러내렸다.

"너 왜 그래. 어디 아프냐? 식은땀까지 흘려가면서… 알았어. 안 그럴게."

쿠에시는 호흡마저 거칠어졌다. 씩씩거리며 숨을 몰아쉬는 것이 상태가 심상치 않아 보였다.

그러더니 머리를 벅벅 긁어댔다.

"우, 우민. 너, 너야말로 왜 그래. 나한테 왜 그러는 거야."

우민이 영문을 모르겠다는 듯 반문했다.

"응? 왜 그러냐니?"

"다 알면서 물어보는 거야? 아니면 정말 모르겠다는 거야. 그것도 아니면… 날 놀리는 거니……."

쿠에시가 두 팔을 늘어뜨리며 자리에 풀썩 주저앉았다. 가슴을 쿡쿡 찌르는 죄책감에 더 이상 감추고 있기가 힘들었다.

책을 볼 때마다 우민이 생각났다. 우민을 볼 때마다 손발이 떨렸다.

이렇게까지 해야 하냐는 자괴감에 머릿속이 하얗게 변해 버렸다. 더 이상 이런 고통을 겪고 싶진 않았다.

"평범한 어느 날이었어. 나는 밖에 있었는데 기숙사 컴퓨터가 켜지며 SNS에 로그인이 되었다는 알람이 핸드폰을 통해 도착했지. 그래, 그럴 수 있다고 생각했어."

우민은 차분히 이야기를 이어나갔다.

"어차피 노트북에는 별다른 게 없었고, 급했던 누군가가 사용한 것일 거라 생각했어. 그런데 그 뒤로 유독 너는 날 피해 다녔고, 날 볼 때마다 흠칫거리며 놀라기 일쑤였어."

쿠에시는 고개를 숙인 채 묵묵히 듣고만 있었다.

"왜 그럴까. 왜 그럴까. 궁금했는데 오늘 이 책을 보니까 궁금증이 풀린 느낌이야, 애쉬."

애쉬라는 말에 쿠에시가 반사적으로 고개를 들었다. 미안함을 넘어선 절망감이 그의 전신을 지배했다.

"너의 절박함이 내린 선택지에 솔직함이 있었으면 이렇게까지 되지는 않았을 텐데……."

쿠에시는 아무런 변명조차 하지 못했다. 미안하고 또 미안했다.

"그저 예전처럼 글이 잘 안 써진다고, 물어보기라도 했으면… 어떻게 재밌는 글을 쓰는지 의견을 나누고 싶다고 했으면 여기 노트북 안에 있는 것만이 아니라 내 머릿속에 있는 전부를 이야기해 주었을 거야."

쿠에시의 두 눈이 벌겋게 달아오르기 시작했다. 우민은 담담히 말을 이었다.

"친구, 참… 어렵다."

복잡 미묘한 우민의 말에 쿠에시가 무릎을 꿇었다. 그렇게라도 용서받고 싶었다.

순간 벌컥 문이 열리며 카타니라가 책을 한 권 들고 들어왔다.

"와우! 이거 봐봐, 대박 엄청 재밌는데? 역시 소설은 성인소설이라니까… 아……."

방 안의 심각한 분위기에 카타리나가 말을 흐렸다. 무릎 꿇고 앉아 있는 쿠에시의 어깨를 슬쩍 짚은 우민이 괜찮다는 말을 남기고는 먼저 방 안을 벗어났다.

*　　　*　　　*

뒤따라오던 카타리나가 힘주어 우민의 팔목을 잡았다.

"무슨 일이야? 무슨 일인데 쿠시가 무릎까지 꿇고 있어."

우민은 뿌리칠 힘이 없어 팔을 쭉 늘어뜨렸다. 의심으로만 품고 있던 생각이 사실로 밝혀졌다.

친구라 생각했는데… 그간의 신뢰 관계가 무너지자, 우민의 온몸에서도 힘이 쫙 빠졌다.

"그러게. 왜 그럴까. 오히려 내가 묻고 싶다."

지금껏 한 번도 들어본 적이 없는 음울한 목소리였다. 사태의 심각성이 피부로 확 와닿았다.

"무슨 일이냐니까?"

카타리나는 이번에도 제대로 대답하지 않는 우민에게 잔뜩 화가 나 자국이 생길 정도로 한층 더 강하게 팔목을 붙잡았다.

"네가 들고 있는 그 책. 그 책 때문이야."

카타리나가 반대편에 들고 있던 책을 들어 보였다.

"이거? 이게 왜?"

"그건… 쿠에시에게 물어봐."

그 말을 남긴 우민이 손을 뿌리치고 자리를 벗어났다. 따라 가려던 카타리나는 발걸음을 돌려 방으로 들어가 보았다.

쿠에시는 일어날 생각을 하지 못한 채 무릎을 꿇고 앉아 있었다.

"도대체 너희 둘이 무슨 일이 있었던 거야. 너는 왜 이러고 있어. 쿠시, 말 좀 해봐."

"내가 우민의 글을 훔쳤어."

"뭐?"

"우, 우민의 글을 훔쳐서 책을 출판했어… 그게 바로 네가 들고 온 그 책이야."

카타리나가 놀란 입을 다물지 못했다.

"그게… 무슨……."

"도저히 글이 써지질 않아서 노트북을 훔쳐보았어. 거기에 있던 습작 중 하나를… 가져와서 출판한 게 바로… 네가 들고 있는 그 책이고."

쿠에시의 고백이 이어질수록 카타리나의 놀람은 커져만 갔다. 이건 학교에서 제명을 당할 수도 있을 정도로 큰일이다.

"어쩌다… 도대체 왜… 네 실력이면 그렇게 하지 않아도 되잖아."

카타리나의 질문에 쿠에시는 답하지 않았다. 그저 앉아 있던 자리에서 일어나 방 안을 떠났다.

카타리나만이 남아 멍하니 쿠에시의 등을 바라보았다.

*　　　*　　　*

릴리 스위프트의 호출에 엠마 테일러가 인상을 찡그리며 방을 찾았다.

"바쁜데 무슨 일입니까?"

"앉아봐."

자리에 앉은 엠마에게 릴리가 두 장의 문서를 꺼내 보여주었다.

〈기숙사 방 이동 신청서〉

우민과 쿠에시의 이름으로 신청된 서류였다.

"아무래도 둘 사이가 단단히 틀어진 것 같은데… 뭐 들은 것 없나?"

엠마가 심각한 표정으로 신청서를 읽어 내려갔다. 이름, 방 번호를 다시 한번 읽어보았다.

"근래에 드라마 각본 준비한다며 바쁘다고 들었는데, 둘 사이에 무슨 일이 있다고 들은 기억은 없습니다."

"단단히 틀어졌나 봐. 카타리나를 불러 물어봤더니, 그 녀석도 입에 자물쇠를 채우고는 아무 말도 하질 않아."

학생회장이 되도록 도울 만큼 단단한 둘 사이가 왜 이렇게 벌어졌는지 엠마는 짐작조차 되질 않았다.

"자네가 한번 알아보겠어? 그냥 방을 바꿔줄 수도 있지만 사춘기 시절 생긴 작은 오해로 평생의 친구를 잃는 건 막아야 할 것 같아서."

릴리의 의견에 동감한 엠마가 고개를 끄덕였다.

"막아야지요. 둘이 꽤나 잘 어울리는 사이인데… 그런 일은 막아야지요."

자리에 일어난 엠마가 카타리나를 호출했다.

그 둘을 합쳐 카타리나까지 셋은 이미 학교 내에서도 절친으로 소문난 사이였다.

꾹 다물고 있는 입술은 결코 입을 열지 않을 것이라는 의지의 표현이었다.

카타리나는 아무것도 모른다며 연신 고개를 저었다.

"카타리나, 이대로 둘이 멀어지는 걸 원하는 거야?"

"아니요."

"선생님은 지금껏 수많은 학생들을 봐왔고, 그들 사이에 벌어지는 갈등을 경험해 왔어. 너도 알다시피 전미교사협회에서 최우수 교사상을 받을 정도로 능력을 인정받기도 했고, 이런 나라면 둘 사이의 오해를 풀고 멀어진 관계를 다시 봉합시킬 수 있지 않을까?"

카타리나의 표정이 살짝 풀어졌다. 전미최우수교사라는 말에 '혹시'라는 기대가 생겼다.

"……."

"비 온 뒤에 땅은 더 굳는다고 했어."

연이은 엠마의 설득에 카타리나가 입을 열었다.

"이번 일은 오해에서 생긴 게 아니에요. 누구도 어찌할 수 없는 사실이 관계를 비틀었기 때문에… 미스 테일러도 할 수 있는 게 없을 거예요."

"라쇼몽 효과라는 말이 있어. 사람은 자신이 보고 싶고, 기억하고 싶은 것들만 기억한다. 비록 그것이 사실이라 해도, 그 사실을 둘이 다르게 받아들이고 있을 수도 있다는 말이지."

"정말 그랬다면 좋겠지만……."

카타리나는 진심으로 둘 사이가 벌어지길 원하지 않았다. 명명백백한 사실이었지만 혹시나 하는 기대감에 기대고 싶었다.

카타리나는 말하기 전 다시 한번 당부를 잊지 않았다.

"제가 말했다고 하시면 안 돼요. 그리고 쿠에시에게 혹시라도 불이익을 주시면 안 됩니다."

뜸을 들이는 카타리나에게 어서 말해보라며 엠마가 재촉했다. 확답을 받은 카타리나가 천천히 입을 열었다.

*　　　*　　　*

엠마는 이야기를 다 듣고는 황당한 심정을 금치 못했다. 몇 번이고 사실인지 물었지만 그때마다 카타리나의 대답은 동일했다.

"사실이에요."

끝까지 이야기를 듣고 난 엠마도 믿고 싶지 않았다. 친구의 이야기를 훔치다니, 왜 카타리나가 그토록 말하기 힘들어했는지 알 것 같았다.

이 사실이 공론화된다면 정학이나 퇴학 조치를 당할 수도 있을 정도로 심각한 일이었다.

엠마는 카타리나가 말한 책을 사다 읽어보았다. 확실히 15살의 소년이 쓴 것이라 믿을 수 없었다.

필명인 '애쉬'에서 쿠에시를 떠올릴 사람은 아무도 없을 것이다.

그런데 이 글이 원래는 우민의 글이었다?

엠마는 먼저 쿠에시를 방으로 불렀다.

잔뜩 풀이 죽어 있는 모습이 그간의 일을 짐작케 했다. 온몸이 힘없이 잔뜩 처져 있었다.

"기숙사 방을 바꾸고 싶다고?"

"네. 저도 새로운 친구를 만나보고 싶어서요."

이미 생각해 두었는지 일 초의 머뭇거림도 없이 대답이 튀어나왔다.

"그래서 누구와 방을 쓸지 생각한 친구는 있고?"

거기까지는 생각하지 못했는지 쿠에시가 멈칫거렸다.

"뭐, 아, 아무나 상관없습니다."

"왜 갑자기 그런 생각을 하게 됐지? 그동안 잘 지내왔잖아."

"…새로운 친구를 만나, 새로운 경험을 해야 제가 쓸 수 있는 글감의 폭도 넓어질 것 같아서요. 언제까지 우민이에게 의지할 수는 없잖아요."

이건 진심이었다. 말을 하는 순간 쿠에시의 두 눈이 또렷하게 빛났다.

"반대로 우민이와 함께 성장하는 기회를 놓치는 것일 수도 있지. 너도 알다시피 이미 아론 톰슨과 공동 작업까지 하고 있는 친구야. 그런 친구라면 배울 점이 많지 않을까?"

"……."

"옆에서 그 아이가 쓰는 글을 보면서 말이야."

쿠에시가 마른침을 삼켰다. 엠마의 질문이 바늘이 되어 쿠에시의 양심을 콕콕 찔러댔다.

"더 이상 의지하고… 싶지는 않아요."

그 말을 끝으로 쿠에시가 입을 다물었다. 아무 말도 하지 않는 쿠에시를 붙들고만 있을 수도 없었다.

엠마는 쿠에시를 돌려보내고 이번에는 우민을 방으로 불렀다.

눈치 빠른 우민은 자리에 앉음과 동시에 입을 열었다.

“어떤 말을 하셔도 되돌릴 수 있는 일이 아닙니다.”

“세상에 되돌릴 수 없는 일은 없어. 단지 예전과 같지 않을 뿐이지.”

“그래서 싫은 겁니다. 예전과 같지 않은 태도, 마음, 행동. 그게 절 더욱 힘들게 합니다.”

엠마가 진정하라는 듯 따뜻한 차를 한 잔 내밀었다. 우민이 솔솔 연기가 피어오르는 차를 한 모금 들이켰다.

“어차피 시간이 지나면 변하게 되어 있는 거야. 그 시기가 조금 빨리 왔다고 생각하면 안 될까? 친구라 생각하면 친구의 결점을 참고 견뎌야 한다.”

“그건 셰익스피어의 생각일 뿐입니다. 참고 견뎌서 얻어야 하는 거라면 애당초 시작이 잘못됐다는 뜻일 뿐이죠.”

우민의 생각은 굳건했다. 이야기를 나눌수록 이 녀석을 설득할 수 없을 거란 예감이 강하게 들었다.

“그 친구도 저도, 달라질 때가 된 것 뿐입니다. 예전처럼 대할 수 없으니 헤어져야죠. 그저 각자의 자리에서 최선을 다하길 바랄 뿐입니다."

매몰찬 우민의 말에 엠마도 더 이상의 설득을 포기했다. 말로 해서 돌아설 마음이 아니었다.

여차하면 공동 과제라도 시킬까 했지만 차가운 이 녀석의 마음이 달라질 것 같지 않았다.

"알았다."

"그럼 방은 바꿔주시는 걸로 알겠습니다."

엠마가 아쉬움 가득한 눈으로 우민의 등을 바라보았다. 자신이 프로파일링을 했을 때 쿠에시의 성격 중 가장 많은 부분을 차지했던 건 '따뜻함', 우민을 대표하는 단어는 '차가움'이었다.

서로가 조화를 이뤄 중화되길 바랐다.

한쪽은 자신의 의도대로 성공했지만 다른 한쪽은 일말의 변화도 없었다.

그 점이 못내 아쉬웠다.

*　　　　*　　　　*

카타리나가 다시 한번 물어도 우민의 답은 하나였다.

"정말 방 바꿀 거야?"

"응."

아무리 친한 친구 사이라 해도 지켜야 할 선이 있다. 쿠에시의 행동은 선을 넘었고, 우민은 용서할 수는 있었지만 친구를 대할 때 변할 자신의 모습을 견디기 힘들었다.

"야!"

방을 바꾼다는 건 곧 둘 사이가 돌이킬 수 없게 된다는 뜻과 일맥상통했다. 카타리나는 그 일만은 막고 싶었다. 그래서 엠마에게도 모든 일을 사실대로 털어놓았지만 실패했다.

"그냥 실수 한 번 한 거잖아. 네 말대로 생존에 위협을 받는 쿠에시가 어쩔 수 없이 선택한 거잖아."

"나에게 한마디 말만 해줬어도 이렇게 되지는 않았다. 친구 사이였어. 내가 태어나 처음으로 친구라 말할 수 있는 사이였어."

"그러니까. 처음으로 만난 친구니까. 이렇게까지 하지는 않아도 되잖아. 얼굴 맞대고 지내다 보면 다시 예전처럼 돌아갈 수 있잖아."

카타리나의 설득에도 우민은 요지부동이었다.

"내가 그럴 수가 없어. 이미 예전과 같은 마음이 아닌데 어떻게 예전처럼 지내라는 거야."

"그래도……."

쿠에시에게도 몇 번이고 말해보았다.

무조건 잘못했다고 빌어라, 이렇게 끝내 버릴 사이가 아니다. 하지만 부끄러움 때문인지, 사이를 봉합하고 싶은 생각이 없는 것인지 쿠에시는 그러지 않았다.

"그래서 이렇게 끝낼 거야?"

엠마에게도 말해두었으니 곧 방이 바뀔 것이다. 우민은 멈추지 않고 짐을 쌌다. 쿠에시와는 사적으로 마주치고 싶지 않았다.

어색하게 마주 본다는 사실이 자신을 더욱 견디기 힘들게 만들었다.

똑똑똑.

순간 노크 소리가 들리고 빠끔히 문이 열리며 주근깨 가득한 소년이 고개를 내밀었다.

"여기가 쿠에시가 쓰던 방이니? 오늘부터 이 방 쓰라고 해서 왔는데……."

짐을 싸던 우민도 그걸 말리던 카타리나도 놀란 눈으로 방문을 열고 들어온 소년을 바라보았다.

소년은 어색하게 손을 흔들며 인사했다.

"하, 하하. 아, 안녕. 내 이름은 제이콥 토마스야. 반갑다."

우민은 싸고 있던 짐을 풀었다. 카타리나는 쌩하니 방을 나가 버렸다.

"나는 우민. 저기 침대 쓰면 될 거야."

간단한 안내를 마치고 우민은 바로 노트북 앞에 앉았다. 그리고 미친 사람처럼 키보드를 두들겼다.

*　　　*　　　*

우민은 하루 종일 앉아 키보드만 두드렸다. 수업을 마치고 방으로 돌아와서, 밤늦은 시간까지 책상 앞에 앉아 있었다.

"야, 너 그러다 쓰러져."

카타리나의 만류를 듣는 둥 마는 둥 하며 글쓰기에 집중했다. 어떠한 대꾸도 하지 않았다. 가끔씩 목을 돌리며 자리에서 일어나거나 창밖을 바라보며 생각에 잠기는 것이 그가 하는 외부 활동의 다였다.

"……."

그렇게 하루 종일 앉아 각본을 써 내려가다 보면 일주일에 한 편 꼴로 각본 하나가 완성되었다.

우민으로부터 각본을 받아보는 아론 톰슨도 할 말을 잃게 만드는 속도였다.

그러나 그만큼 우민의 안색도 나빠져 갔다. 한창 성장기의 나이이다. 많이 먹고 많이 활동해야 하건만, 제대로 먹지도 움직이지도 않자 몸 이곳저곳에서 이상 신호를 보내왔다.

가장 먼저 손목에서 말썽이 생겼다.

"으윽……."

우민이 신음성을 토하며 손목을 만지작거렸다. 어렸을 적 걸렸던 터널 증후군이 다시 재발한 건지 욱신거림이 멈추질 않았다.

우민은 잠시 자리에서 일어나 침대에 누웠다.

'젠장.'

글을 쓰고 있지 않으면 잠시 잊고 있던 사실이 떠올랐다. 그래서 더욱 집착적으로 글에 매달렸다. 그때만큼은 아무 생각도 나지 않고, 온전히 소설 속에 파묻혀 있을 수 있었다.

이렇게 잠시 현실로 돌아오면 바로 앞에 보이는 저 자리가 눈에 밟혀 가슴이 찌릿거렸다.

우민은 다시 자리에서 일어나려 했다. 그런 우민의 상체를 어느새 나타난 카타리나가 짓눌러 제지했다.

"야, 너 손목 봐봐. 이게 지금 제정신이야?"

손목이 팅팅 부어올라 과장 조금 보태서 자그마한 크기의 참외를 연상케 했다.

카타리나가 잔뜩 인상을 찌푸리며 누워 있는 우민의 멱살을 그러쥐었다.

"따라 나와. 나랑 같이 나가자. 이대로 안 되겠어."

"가기는 어딜 가자는 거야. 나 오늘까지 마무리해야 돼."

"이러다 너 쓰러져. 탈 난다고. 아무 소리 하지 말고 따라

나와."

뿌리칠 힘도 없는지 우민은 카타리나가 이끄는 대로 질질 끌려 나왔다.

이미 정문에는 손석민이 대기하고 있었다. 그간 우민에게 있었던 일도 들었는지 걱정스러운 기색이 역력했다.

"우민아, 프로는 자기 관리가 철저해야 하는 법이야."

대답은 옆자리에 앉아 있던 카타리나가 대신했다. 퉁퉁 부어 있는 우민의 손목을 들어 보이며 소리쳤다.

"아저씨, 얘 손목 보이세요? 이 지경이 될 때까지 앉아서 글만 썼다니까요."

운전을 하던 손석민이 백미러를 통해 살펴보니 상태가 말이 아니었다.

"스스로 자기 관리를 하지 않으면… 아저씨도 어머님께 말씀드리는 수밖에 없어."

"그건 안 돼요."

옆에 있던 카타리나가 우민의 손목을 부여잡고는 소리쳤다.

"안 되기는 뭐가 안 돼! 어머님도 이런 사실을 아셔야지!"

온몸에 힘이 없는지 축 처져 창밖을 바라보고 있던 우민이 슬쩍 카타리나를 노려보았다.

"안 된다고 말했다?"

잡아먹을 듯한 눈빛, 으스스한 목소리가 공포스러운 분위기를 조성했다.

기에 눌린 카타리나가 말을 더듬었다.

"마, 말했다가는 아주 사람 잡아먹겠다? 그러니까 알아서 잘하면 이런 일 없잖아!"

카타리나의 이런 행동이 걱정에서 나온 것이라는 사실을 알아서일까. 우민도 굳이 사족을 붙이지 않고 입을 다물었다.

손석민이 운전한 차는 LA 시내 대형 병원으로 들어섰다. 이미 사전에 예약이 되어 있었는지 수속은 빠르게 진행되었고, 진료실로 들어설 수 있었다.

"하하, 네가 말로만 듣던 우민이구나."

자신을 아는 듯한 눈치였다. 한두 번 겪는 일도 아니었다. 우민은 그저 조용히 팔목을 내밀었다.

진료실까지 따라 들어온 카타리나가 말했다.

"상태가 심각하죠? 더 이상 팔 쓰면 안 되는 상황인가요?"

아!

우민이 그제야 앞에 놓여 있는 의사의 이름을 확인했다.

제이슨 켈리.

카타리나와 같은 패밀리 네임을 쓰고 있었다. 제이슨 켈리가 천천히 우민의 팔목을 살펴보았다.

“자세한 건 좀 더 검사를 해봐야 하겠지만… 겉으로만 봐서도 상태가 심각해. 네 말대로 당분간 팔목을 쓰지 않는 게 최선일 것 같구나.”

“제가 지금 하고 있는 작업이 있어서 그럴 수는 없어요.”

제이슨 켈리가 우민을 뚫어지게 쳐다보았다.

“평생 동안 손목을 쓰지 못하게 된다고 해도 고집을 피울 건가?”

담담하지만 묵직한 눈빛. 그 안에 담긴 진실을 우민도 충분히 읽었다.

“지금이 15살. 앞으로 70살까지 산다고 하면 55년을 살아야 하는데… 55년이라는 시간 동안 팔 불구로 살고 싶은지 물었네.”

카타리나의 아버지이자 현역 의사의 거듭된 압박에 우민도 멍하던 정신이 번쩍 들었다.

55년이라는 시간 동안 불구라는 말이 귀를 통해 머리로 전달되었다. 결론은 간단했다.

“그렇게 살고 싶은 사람은 없을 겁니다.”

“그러면 내 말을 들어야 해. 그렇지 않으면 어떻게 될지 장담할 수 없어.”

우민이 다른 생각을 하지 못하게 할 셈인지 제이슨이 빠르게 말을 이었다.

"이미 과거 같은 증상으로 병원을 다녔다는 말을 들었는데, 그 정도면 내가 하는 말이 어떤 말인지 본인이 더 잘 알겠지?"

그제야 우민이 슬쩍 고개를 끄덕였다. 아직은 15살. 팔목을 더 이상 쓸 수 없다는 말에 어머니에 대한 미안함과 미래에 대한 불안감이 피어올랐다.

다른 누구보다 우민 스스로가 손목의 상태가 좋지 않다는 사실을 느끼고 있기도 했다.

글을 쓰려고 앉는 순간부터 통증이 밀려왔다. 어떨 때는 그저 펜만 잡고 있는 것조차 고통스러웠다.

카타리나가 의기양양하게 말했다.

"자, 그럼 빨리 자세한 검사부터 받으러 가. 오늘 하루는 검사받고 푹 쉬란 말이야."

카타리나가 의사를 향해 눈을 찡긋거렸다. 제이슨 켈리는 그런 카타리나가 귀엽다는 듯 웃을 뿐이었다.

* * *

더 이상 손을 쓸 수 없었기에 우민의 손이 되어줄 사람이 필요했다.

카타리나가 잔뜩 거드름을 피우며 말했다.

"나 말고 누가 있겠어."

카타리나가 없었다면 '쿠에시'가 그 역할을 대신 했을 것이다. 우민은 씁쓸하게 웃으며 대답했다.

"그것도 그러네."

쿠에시가 방을 옮긴 이후로는 계속 이런 상태였다. 매사에 영 힘이 없었다.

손석민이 몸에 좋다는 보양식을 가져와도, 카타리나가 어이없는 행동을 해도 우민의 반응은 한결같았다.

그렇군요.

알겠습니다.

알았어.

대부분의 대화가 단 세 마디로 종결되었다. 우민이 해주는 말을 받아치던 카타리나가 머리를 부여잡으며 말했다.

"헉, 어떡해. 네가 말해준 거 다 날아갔다!"

"다시 해."

"…너 원래 이런 아이 아니잖아."

"어차피 네 손가락만 아프지 뭐."

"야!"

"시끄러."

대화는 짧아졌고, 차가움은 한층 더해진 모습이었다. 날카롭게 각이 져 있어 조금만 잘못 건드려도 베일 것 같은 느낌마저 들었다.

"휴우, 잠깐 장난 쳐본 거야. 안 날아갔어. 다 저장되어 있다."

"알고 있었어."

고개를 절레절레 저은 카타리나가 다시 우민이 불러주는 대로 'Indignation'의 각본을 써나가기 시작했다.

우민이 쓴 각본은 아론 톰슨의 손을 거쳐 연출자와 연기자들에게 전달된다.

최근 대본을 받아 든 아론 톰슨은 미묘하지만 약간은 달라진 분위기를 알아차리곤 생각에 잠겨 있었다.

'흠… 좀 더 강한 분노가 느껴져. 처음 이야기했던 극의 전체적인 방향과 미묘하게 다르긴 하지만 오히려 이게 더 좋을지도 모르겠는데.'

마치 날카로운 바늘을 대하는 듯한 기분이었다. 인물들의 대사나 전체적인 분위기가 보는 사람의 심장을 '콕콕' 찔러댔다.

'확실히 걱정은 기우였어.'

처음 대본을 가져왔을 때 느꼈던 막장 스토리는 서서히 자신이 원하던 생각할 거리가 있는 스토리로 자연스럽게 넘어갔다.

계속 막장으로만 이야기가 진행되면 자신이 손보려 했건만 그럴 필요도 없었다.

극의 중, 후반부.

막장스러운 이야기는 '재미'를 뒷받침해 주는 요소 중의 하나로 내려가고, 전체적으로 이야기를 이끄는 동력은 현 시대에 대한 고민이었다.

'시청률, 그리고 작품적인 면까지. 이번에도 두 마리 토끼를 모두 잡겠는걸.'

이미 인기 TV 프로그램에게 주어지는 에미상을 수상했다. 이번 작품에서도 '상'을 기대할 수 있을 것 같았다.

*　　　*　　　*

OK!

감독의 OK 사인에 유민아가 꾸벅 인사를 하며 말했다.

"수고하셨습니다."

마치 신호라도 된 양 여기저기서 고생했다는 인사말이 들렸다. 뒤이어 촬영장 스태프가 소리쳤다.

"자자, 마지막이니만큼 뷔페식 식사가 마련되어 있습니다.

다들 식사부터 하세요."

기나긴 'Idignation'의 촬영도 끝이 났다. 이제 오늘 촬영한 마지막 11부 편집이 끝나면 방영이 시작된다.

떨리면서도, 한편으로는 섭섭함이 밀려왔다.

'촬영이 끝날 때까지 한 번을 안 온다 이 말이지.'

연기에만 집중하자고, 스스로에게 다짐했다. 그러나 막상 촬영이 끝나갈 때까지 얼굴 한 번 보지 못하자 섭섭함이 밀려왔다.

이역만리 타국까지 오게 된 게 누구 때문인데…….

'어?'

호랑이도 제 말하면 온다더니, 마지막 촬영 날이라서일까. 우민이 아론 톰슨과 모습을 드러냈다.

여기저기 인사를 하느라 정신이 없어 보였다. 각본을 쓰느라 이만저만 고생한 게 아닌지 비쩍 마른 모습이 안쓰러워 보였다.

우민의 옆에는 여전히 카타리나가 바짝 붙어 있었다.

'저 여시 같은 게!'

불같은 질투심이 확 일었다. 그간 더 가까워졌는지 둘은 한시도 떨어지지 않고 붙어 있었다.

어느새 사람들에게 인사를 마친 우민이 자신에게 다가왔다.

"누나, 그동안 고생 많았어."

"넌 왜 이렇게 마른 거야. 그동안 무슨 일 있었어? 아니면 각본 때문인 거야?"

유민아의 걱정에 우민이 힘없이 웃어 보였다.

"뭐. 이런저런……."

"그렇구나……."

유민아는 여자의 촉으로 알 수 있었다. 이런저런이라는 말에 축약되어 있는 의미를 카타리나는 알고 있다.

미국까지 왔건만 카타리나와 자신의 간극은 그간 더욱 벌어져 버렸다.

그 사실이 유민아를 힘들게 만들었다.

"여기 사람들, 누나 칭찬이 자자하던데? 예쁘고 연기도 잘한다고."

우민의 칭찬도 그리 달갑지 않았다. 이제 자신은 완전히 이방인이 된 것 같은 느낌에 외로움이 '확' 밀려왔다.

유민아가 힘없이 중얼거렸다.

"그렇지 뭐."

우민도 위로할 생각이 없는지 짧은 인사말을 마치고 다른 사람에게 가버렸다.

형식적인 대화.

유민아의 살짝 들떴던 마음이 차갑게 가라앉았다.

그래, 여기까지다.

마음 한편에서 여전히 놓고 있지 않던 '끈'을 이제는 완전히 놓아버렸다.

어느새 다가온 매니저이자 엄마인 김혜은이 유민아에게 말했다.

"뭐래?"

"그냥 뭐 이런저런……."

김혜은은 그런 유민아를 안쓰럽다는 듯 끌어안았다. 사람의 마음이란 인력으로 어찌할 수 없는 것, 그걸 알기에 김혜은은 그저 지켜보기만 했다.

그리고 'Indignation'의 첫 방송이 넷링크를 통해 시작되었다.

*　　　*　　　*

<아론 톰슨이 쓴 최악의 드라마>

첫 방송이 나가고 올라온 뉴스의 헤드라인 기사였다.

더할 나위 없이 강렬한 혹평에 아론은 입맛이 썼다.

"예상은 했지만… 씁쓸한 건 어쩔 수 없군요."

넷링크 총괄 디렉터가 그나마 위안이 되는 말을 전했다.

"그래도 시청자들 반응은 나쁘지 않습니다. 첫 방치고는 선방했다고 볼 수 있어요. NLR(Net Link Rating: 넷링크 자체 인기도 측정 수치) 수치도 90점대를 넘었으니 꽤나 높은 수치라 할 수 있습니다."

"90점이라……."

90이 의미하는 바를 잘 모를까 하여 총괄 디렉터가 자세한 설명을 덧붙였다.

"지금까지 첫 방영에 90점대가 나온 드라마는 채 다섯 작품도 안 됩니다."

"나쁘지 않군요."

"오히려 좋은 편이라 볼 수 있죠."

"주 시청자 층은 어떻습니까?"

"아직은 시청자 층에 두드러진 특징이 없습니다. 몇 화 지나 봐야 의미 있는 수치가 나올 것 같아요."

90이라는 높은 수치에도 아론 톰슨은 헤드라인 기사가 준 충격에서 벗어나지 못한 듯 굳은 표정을 풀지 못했다.

"너무 그 친구에게 의지한 건 아닌가… 이제야 걱정이 되는군요."

"어차피 돌이킬 수 있는 일도 아니잖습니까."

이미 시즌 1, 총 11개의 에피소드가 만들어져 매주 방송되기만을 기다리고 있었다.

지금 상태에서 바꿀 수 있는 건 없다.

"하긴, 기도하는 수밖에 없겠군요."

아론 톰슨의 말에 총괄 디렉터도 고개를 끄덕였다.

*　　　　*　　　　*

우민이 팔짱을 낀 채 자리에 앉아 먼 산을 바라보고 있었다. 팔목이 아파 키보드를 칠 수도 없었다. 음성을 글로 인식하는 소프트웨어를 사용해 보았으나 인식률이 그리 만족스럽지 않았다.

그렇다고 자리에 앉아 주구장창 책을 볼 수도 없었다. 이미 과거에 눈까지 나빠져 아무것도 하지 못했던 기억이 아직 생생했다. 또다시 그렇게 되고 싶지는 않았다.

결국 할 수 있는 거라곤, 자리에 앉아 멍하니 창밖을 바라보는 것이 다였다.

'젠장.'

벌써 사건이 있은 지 몇 개월이 지났지만 그때의 기억이 수시로 떠오르며 우민을 괴롭혔다.

자신이 너무했던 건 아닐까.

아무리 그래도 하지 말아야 할 일이 있는 거지.

그래도 너무 가혹한 건 아닐까.

아니야. 그렇지 않아.

두 가지 생각이 머릿속을 오갔다. 처음 만나 헤밍웨이를 이야기하며 밤을 지새웠던 추억이 우민의 머릿속을 어지럽히며 더욱 혼란스럽게 만들었다.

'젠장…….'

쿠에시의 일기장에서 느껴졌던 끝을 알 수 없는 슬픔, 절박함, 절실함들이 가시가 되어 찔러왔다.

자신은 아직까지 누군가를 잃어본 적이 없다. 기억이 나는 순간부터 아버지는 이미 돌아가신 뒤였다.

그러나 쿠에시는 아니었다.

아버지가 돌아가시는 것도, 굶주림으로 동생이 죽어가는 것도 옆에서 지켜봐야 했다.

어떤 마음이었을지 감히 상상조차 되지 않았다. 그것이 면죄부가 되는 건 아니겠지만 자신이라면 어땠을까. 몇 번이고 생각해 보았다.

그러나 감히 상상되지 않았다.

죽음의 경계선에서 영위되는 삶이 어떤 것인지 표현하기 힘들었다.

'젠장.'

알 수 없는 것에 대한 답답함에 욕지거리만이 나왔다. 궁금했지만 어쩌면 평생을 살아도 알 수 없을 것이다.

그저 장난스레 하루 단식을 해본다고 해서 알 수 있을까?

짧은 굶주림으로 15년의 시간이 대체될 수 있을까?

몇 번이고 스스로에게 물어보았지만 '아니다'라는 답만이 도출되었다.

불현듯 여름방학이 끝나고 다시 미국으로 되돌아올 때 카타리나가 했던 말이 떠올랐다.

"너도 굶어본 적 없잖아."

'젠장…….'

세상 무엇이든 알고 있다는 자신감으로 지금껏 살아왔다.

누가 보면 짧디짧은 생이지만 천재라는 수식어에 걸맞게 세상의 모든 현상을 빠르게 이해하고, 파악하며 논리적으로 풀어내 주변 사람들로부터 경탄을 자아냈다.

그런 자신에게도 모르는 게 있다. 우민은 그 사실을 곱씹으며 그렇게 몇 시간을 더 멍하니 자리에 앉아 있었다.

마치 자기 방인 양 카타리나가 방문을 열고 안으로 들어섰다. 씩씩거리며 콧김을 내뿜는 것이 잔뜩 화가 난 모양새였다.

"기사 봤어? 'Indignation'이 최악의 드라마로 꼽혔어. 어떻게 이럴 수가 있지. 응? 우민!"

우민이 별일 아니라는 듯 대답했다.

"예상했던 바잖아. 소위 '막장' 드라마를 어떤 평론가가 좋아하겠어."

"아무리 그래도 그렇지. 아론 톰슨이 쓴 최악의 드라마가 뭐야! 넌 왜 그렇게 담담해? 기분 안 나빠?"

"몇 화만 지나면 달라질 반응에 휘둘릴 필요 없으니까."

"그런 놈이 벌써 몇 개월이나 지난 사건에 아직도 매여 있냐?"

날카로운 카타리나의 지적에 우민이 움찔거렸다.

"그것과는 다른 일이야."

"다르기야 다르지. 하지만 매여 있다는 건 같잖아. 하루 종일 그 생각밖에 안 하잖아."

먼 산을 바라보던 우민이 고개를 돌렸다.

"나는 그때의 일을 자책하고, 반성하고, 후회하면서 개선점을 찾고 있는 게 아냐. 단지 궁금할 뿐이다."

카타리나가 답답하다는 듯 소리쳤다.

"뭐가 그렇게 궁금해서 하루 종일 앉아 먼 산 보면서 청승 떨고 있는 건데."

"마음."

"뭐?"

"친구를 버리고, 가족을 선택한 마음. 죽어가는 아버지, 동생을 보는 고통. 극단적인 선택으로 몰아붙이는 환경 속에 놓여 있을 때 인간이 할 수 있는 행동. 그런 것들에 대해 고민하고 있는 거다."

카타리나는 우민이 자신을 방어하기 위해 궤변을 내뱉는 거라 생각했다.

말투가 곱게 나올 리 없었다.

"그래서 답은 찾았어?"

"거의."

"그럼 이제 혼자 앉아서 청승 떠는 짓도 그만두겠네? 건강 생각도 안 하고 하루 종일 키보드나 두들기는 짓도 합쳐서."

"곧."

카타리나가 과장되게 주먹을 쥐어 보였다.

"아니기만 해봐. 아주 내 손에 먼저 죽을 각오해."

우민이 어이가 없다는 듯 피식거리며 옅은 미소를 보였다. 그런 우민에게 카타리나가 새끼손가락을 내밀며 말했다.

"웃지 말고 약속해. 일주일 내로 이런 짓 그만둔다고."

우민이 자리에서 일어나 카타리나에게 한 걸음씩 다가갔다. 그 기세에 카타리나가 한 걸음 뒤로 물러났다.

"뭐, 뭐야. 지금 나 협박하는 거야."

우민이 손을 뻗어 카타리나의 팔목을 잡았다. 그러고는 반대편 손을 내밀어 새끼손가락을 마주 걸며 말했다.

"알았다. 알았으니까. 걱정하지 않아도 돼."

카타리나의 볼이 발갛게 달아올랐다. 그 모습을 들키고 싶지 않은지 빠르게 뒤돌아서 방문을 열고 나가 버렸다.

*　　　　*　　　　*

한국 미드 커뮤니티의 한 게시판에 목요일 밤만 되면 같은 내용의 글이 연속적으로 올라왔다.

—Indignation 자막 요청.

—Indignation 자막 올려주실 용자분.

—[한글]Indignation s01.E02.720p.HDTV.x264—SIGNToTO

—위에 게시물 구라다. 클릭하지 마라.

자막을 요청하는 글에 장난을 치는 게시글이 뒤섞여 한마디로 난장판이 됐다.

게시글이 올라오는 속도를 모니터링하던 미국 드라마 게시판 운영자가 혼잣말로 중얼거렸다.

"이 정도 인기면 따로 게시판을 하나 파도 될 것 같은데……."

목요일만 되면 'Indignation'에 대한 이야기로 게시판이 도배되다시피했다.

다른 미국 드라마에 대한 이야기는 아예 보이질 않았다.

한국에서 인기 있던 배우인 '유민아'와 한국인 작가가 참여했다는 소식 때문인지 유달리 더 폭발적인 인기를 자랑했다.

"다음 주에도 이 정도면… 그때 하나 새로 파지 뭐."

운영자가 모니터링하고 있는 그 순간에도 게시판은 자막 요청과 드라마 내용에 대한 이야기로 열띤 토론의 장을 이루고 있었다.

*　　　*　　　*

넷링크가 한국에 진출한 지 벌써 1년이 넘었지만 여전히 유료 가입자가 한 자리에서 벗어나지 못하고 있었다.

가입자 수 통계치가 분석되어 있는 표를 보기 전부터 한국지사 홍보팀 대리 박홍만은 짙은 한숨을 내쉬었다.

"하아, 도대체 어떻게 해야 가입자 수를 늘리지… 이러다 잘리는 거 아냐?"

유료 가입자 수를 늘리는 건 한국 지사에서 전 사적으로 관심을 가지고 있는 부분이었다.

역량 있는 마케팅팀원들로 인력을 보충했고, 영업부서 인력도 확충해 나갔다.

그래도 가입자 수는 늘지 않았다.

"오늘은 또 얼마나 가입했으려나."

가입률, 탈퇴률 등등이 표에 일목요연하게 정리되어 있었다. 그 두 개의 막대그래프가 항상 비슷한 크기를 자랑했다.

결국 늘지도 줄지도 않는다는 말. 곧 정체되어 있다는 뜻이다.

"어?"

그런 박홍만의 눈에 유난히 높게 치솟은 빨간색 막대그래프가 보였다.

"야근을 했더니 헛게 보이나."

눈을 비비고, 몇 번 껌벅이며 다시 떠보았다. 그래도 그래프의 크기에 변화가 없었다.

"대박."

가입자 수가 무려 10만을 넘어서 있었다. 최초로 두 자리 수를 돌파했다.

"뭐지, 이유가 뭐지."

박홍만은 좀 더 상세히 분석표를 들여다보았다. 요일별 가입자를 보니 목요일에 유달리 가입자 수가 많았다.

"목요일이면… Indignation 방송일인데……."

그 둘이 정말 정비례 관계를 가지는지 살펴보기 위해 박홍만은 오늘도 야근을 택했다.

*　　　　*　　　　*

손석민은 연일 밀려드는 인터뷰 요청에 곤란함을 감추지 못했다.

"아, 죄송합니다. 현재 작가님 건강 상태가 좋지 않아서요."

"네. 네. 회복되면 바로 연락드리겠습니다."

"아닙니다. 현재 회복 중에 있습니다."

"현재 건강에 이상이 생겨 차기작을 쓸 상황이 아니라서요."

드라마가 회를 거듭할수록 인기를 끌며 뉴스나 토크쇼에서 인터뷰 요청이 쇄도했다.

그러나 어느 것도 응할 수가 없었다.

"여전하다고?"

—네. 그냥 수업 끝나면 하루 종일 방에 처박혀 있어요.

"그나마 병원이라도 다니니 다행이다만……."

—자기 말로는 곧 괜찮아질 거라고 하니까 믿어야죠.

"그래, 네가 옆에서 잘 좀 보살펴 주거라……."

카타리나를 통해 우민의 상태를 확인해 보았지만 여전했다. 전화를 끊은 손석민이 긴 한숨을 내쉬었다.

"그래도 은영 씨 앞에서는 밝게 행동하니 다행인 건가……."

신기하게도 주말마다 집으로 돌아갈 때면 평상시와 다를 바 없이 행동했다.

연기를 해도 될 만큼 학교에 있을 때와는 180도 다른 모습을 보였다. 그리고 학교로 돌아가서는 다시 누구와도 대화하지 않고 굳은 표정으로 먼 산을 바라보기 일쑤였다.

손석민이 제안하는 각종 인터뷰, 차기작 논의, 사인회 등등 어떤 것도 참여하고 싶지 않다며 못을 박았다.

멈추어 있던 핸드폰이 다시 울리기 시작했다. 다시 짧게 한숨을 내쉰 손석민이 혼잣말을 중얼거렸다.

"인기가 있어도 고역이구나."

전화를 받기 위해 핸드폰을 확인한 손석민이 황급히 통화 버튼을 터치했다.

기다리고 기다리던 우민의 연락이었다. 전화를 받자마자 손석민이 호탕한 웃음을 터뜨렸다.

"하하, 드디어 활동 재개인 거냐?"

—제가 언제 활동 안 한 적이 있던가요.

"그런 적은 없지만 너도 알다시피 여간 제멋대로여야 말이지."

손석민은 속에 있는 이야기를 여과 없이 말했다. 그 정도의 신뢰는 진작 쌓은 참이었다.

—성장을 위한 숙성 기간이었다고 생각해 주세요.

"하하, 알았다. 전화까지 한 걸 보면 할 말이 있는 것 같은데… 무슨 일이냐?"

—각본도 완료했는데 차기작 출시할 때 됐잖아요.

"팔도 아픈 녀석이 언제 또 쓴 거야. 한동안 팔목 쓰면 안 된다니까."

우민이 여유롭게 웃으며 답했다.

—예전에 써놨던 겁니다. 아주 예전에 누군가를 처음 만났을 때… 부터요.

그 안에 담긴 슬픔을 읽어서일까. 손석민도 더 이상 묻지 않았다.

*　　　*　　　*

미국 유명 토크쇼인 투나잇 쇼의 진행자인 지미 앨런이 스티로폼으로 쌓여 있는 벽을 박차며 카메라 안으로 들어왔다.

"이런 벽 따위는 필요 없어!"

관객석에서 박수가 터져 나오고 인사를 마친 지미 앨런이 사회자 석에 착석했다.

"오늘은 화제의 문제작! 인기작이 아니라 문제작입니다."

지미 앨런의 농담에 관객석에서 얕은 웃음소리가 흘러나왔다.

"부숴! 다 부숴 버려! 하하. 정말 화끈하지 않습니까? 다 부숴 버리다니. 그래도 저희 세트장은 건들지 말아주세요."

또다시 웃음.

그렇게 몇 번의 농담과 웃음이 오가고 나서야 출연진에 대해 소개했다.

"'Indignation'의 두 주인공. 민아 유, 그리고 게리 벨슨입니다."

옅은 메이크업에 하늘거리는 원피스를 입고 등장한 유민아의 미모에 사회자가 두 눈을 크게 뜨고 입을 쩍 벌리며 환호했다.

유민아의 한쪽 손을 살짝 잡은 채 등장하던 게리 벨슨도 곁눈질로 힐끔거리며 유민아를 살폈다.

동양인답지 않은 큰 키에 나날이 성숙해져 가는 몸매는 서양인들 사이에서도 결코 꿀리지 않았다.

그 둘이 자리에 앉고 나서야 본격적으로 화제가 되고 있는 Indignation, 그리고 배우 개인적인 일들에 대한 이야기가 시작되었다.

* * *

뒷좌석에 앉아 자동차에 설치된 TV로 투나잇 쇼를 시청하던 레이먼드 밀러가 미간을 찌푸렸다.

"지지율이 더 떨어지겠어."

방송에는 'Indignation'의 두 주인공이 나와 사회자와 이런 저런 이야기를 나누는 중이었다.

거기에 현 미국의 상황 역시 포함되어 있었다.

—'Indignation'이 처음에는 남녀 간의 애정사, 불륜, 마약 등의 자극적인 소재로 범벅된 막장 드라마로 알려졌는데, '회'를 거듭할수록 이런 소재들은 소위 떡밥에 불과했다는 사실이 밝혀지며 극의 재미를 더하고 있는데요. 출연진 여러분들은 미리 알고 계셨겠죠?

—오디션을 볼 때, 원작이 되는 소설을 읽고 갔기에 대략의 분위기는 파악하고 있었습니다. 물론 저도 파일럿 영상을 찍었을 때는 '아론 톰슨'의 스타일이 아니라서 깜짝 놀라기는 했지만요.

—그 모든 것들이 현 대통령을 풍자하기 위한 것이라는 깨달았을 때는 저도 정말 '와우' 소리밖에 나오지 않더군요.

지미 앨런의 멘트에 관객석에서도 웃음소리가 터져 나왔다. 그러나 방송을 보고 있는 레이먼드는 웃을 수 없었다.

그렇지 않아도 대통령의 행동 하나하나가 연일 화제를 불러일으키며 방송에서 풍자되고 있는 중이다. 거기에 'Indignation'이 기름을 붓고 있었다.

"지지율 40%까지 무너지면, 자칫 임기 1년이 채 지나지 않아 레임덕이 올 수 있는데……."

레이먼드는 걱정이 앞섰다. 수정 헌법 1조에서 보장하고 있는 표현의 자유가 있는 나라다.

방송에서 어떤 풍자를 하더라도, 제지할 수 있는 방법이 없다. 레이먼드가 앞좌석에 앉아 있는 보좌관에게 물었다.

"현재 'Indignation' 시청률이 어떻게 된다고 했지?"

"현재 마지막 화를 앞두고 있으며 편당 평균 조회 수가 500만을 넘었습니다."

—현재 넷링크에서 독보적인 1등을 차지하고 계시는 소감이 어떻습니까?

—얼떨떨할 뿐이에요. 처음에는 이렇게까지 인기를 끌 거라 생각하지 못했거든요.

—넷링크에서 단숨에 1위를 차지하고는 매번 신기록을 갱신하고 있다는 소식이 들리던데요.

—과분한 사랑에 감사할 뿐이지요.

—그만큼 뚝뚝 떨어지는 다른 뭔가가 있지만 제 입으로

는 말하지 않겠습니다.

지미 앨런의 너스레에 관객석에서는 또다시 웃음이 흘러나왔다.

그러나 방송을 시청하고 있는 레이먼드는 웃을 수 없었다. 그건 보좌관 역시 마찬가지였다.

잠시 뜸을 들이던 보좌관이 말을 이었다.

"문제는 저희 공화당 주요 지지층인 '30~60대 백인 남성'들이 주요 시청자 층이라는 사실입니다. 드라마를 보고 나서 주인공에게 몰입되었는지 현 정부의 가치에 대해 의구심을 품는 여론이 점차 퍼지고 있습니다."

"흐음……."

선거 전부터, 선거 후에도 말 많고 탈 많았던 대통령이다. 그래도 중심 지지층이 흔들림 없이 지지해 주었고, 소위 '샤이 지지층'이라 불리는 사람들의 지원이 있었다.

그러나 그것마저도 이제는 기대하기 힘들었다.

"이러면 40%는 물론이거니와 30%의 지지율도 언제 무너질지 모릅니다. 국정 운영의 동력을 상실하게 되는 겁니다."

"자네가 보기에도 'Indignation'이 그렇게 재미가 있나? 거기에 몰입해 현실의 상황이 바뀌길 바랄 정도로……?"

보좌관이 잠시 말을 멈추었다. 뭐라고 대답을 해주어야 할까. 자신의 진심을 그대로 전해야 할지, 아니면 듣기 좋은 말로 포장해야 할지 순간적으로 갈등했다.

"솔직하게 말해주면 되네. 고민할 것 없어."

보좌관이 간단명료하게 대답했다.

"네."

"크흠……."

"말씀하신 것처럼 현실에 벌어지는 상황이 바뀌었으면 하는 바람이 생길 정도로 드라마에 몰입하게 만드는 힘이 있습니다."

침음성을 삼키던 레이먼드가 물었다.

"드라마를 막을 수도, 지지율이 떨어지는 걸 그저 지켜만 볼 수도 는 이 상황에서 자네라면 어떻게 하겠나?"

"저라면……."

레이먼드가 차에서 내릴 때까지 보좌관과의 대화는 끝없이 이어졌다.

*　　　*　　　*

마지막 방송을 앞두고 넷링크 본사 앞에 수십 명의 백인 시위대가 몰려들었다.

HATE Indignation. LOVE AMERICA.
GREAT AMERICA.

저마다 팻말을 들고 넷링크를 보이콧하겠다며 으름장을 놓았다. 그러나 그 모습을 지켜보는 총괄 디렉터의 표정은 오히려 밝아 보였다.

"조회 수가 회를 거듭할수록 늘고 있어요. 이거 이러다 마지막 화가 사상 최고 조회 수를 기록하는 건 아닌지 모르겠군요."

옆에서 함께 지켜보던 아론 톰슨도 들고 있던 커피를 한 모금 마셨다.

"시위대는 막아야 하는 것 아닙니까?"

"하하, 잘 아시면서. 비용이 필요 없는 홍보 효과를 왜 나서서 막습니까. 알아서 언론이 붙을 테고, 우리 'Indignation'을 홍보해 줄 텐데요."

쓰디쓴 커피 때문인지 입맛이 썼다. 아론 톰슨이 조용히 창밖을 보고 있자 총괄 디렉터가 말을 이었다.

"한국에서도 대단히 이슈화되고 있는 모양입니다. 한 자리수에 지나지 않았던 저희 서비스 가입자가 드라마 방영 후 폭발적으로 증가하고 있다고 합니다."

"그거 다행이군요."

"다행이다마다요. 원래는 시즌 2까지가 확정적이었는데 자세히 이야기를 나눠봐야 하겠지만 시즌 4까지 계약하자는 말이 내부에서 논의되고 있습니다."

"시즌 4까지라……."

아론 톰슨의 기억으로는 우민의 건강에 적신호가 켜졌다고 했다. 그런 상태에서 과연 시즌 4까지 극본이 나올 수 있을까. 의문이었다.

인기 배우도, 유명한 연출도, 그렇다고 넉넉한 제작비도 없는 환경에서 이 정도 성과를 이룬 건 누가 뭐라 해도 극본의 힘이 컸다.

극본의 99%를 만들어낸 건 우민이다. 그런 아론 톰슨의 속을 모르는 총괄 디렉터가 들뜬 목소리로 말했다.

"역시 미스터 톰슨의 실력이 대단하다는 걸 다시 한번 깨닫게 되는 계기가 되었습니다. 앞으로도 회사에서 전폭적인 지지를 약속했습니다."

"그렇다면야. 저야 감사할 따름입니다."

후루룩.

총괄 디렉터도 들고 있던 커피를 마저 마셨다. 그러고는 아론 톰슨에게 손을 내밀었다.

"앞으로도 잘 부탁합니다."

아론 톰슨도 그가 내민 손을 맞잡았다.

*　　　*　　　*

마지막 방송을 앞두고 학교에서도 행사가 벌어졌다.

명사 초청 강연.

주인공은 놀랍게도 우민이었다.

앞으로의 꿈이 작가인 아이들이 우민을 찾아가 질문을 해대는 통에 정상적인 학교생활이 힘들 정도였다.

그래서 교장 선생이 생각해 낸 고육지책이었다. 우민이 몇 번이고 사양하는 것을 진행시켰다.

쿠에시도 한 자리를 차지하고, 우민의 발표를 들었다.

작가란?

아주 원론적인 강연이었다. 도서 박람회에서 보았던 내용과 크게 다르지 않았다.

그럼에도 앞으로 작가를 꿈꾸는 아이들은 생기 넘치는 눈으로 우민을 바라보았다. 좁힐 수 없는 간극이 느껴졌다.

벌써 한마디 대화조차 나누지 않은 게 몇 개월이다. 복도에서 마주쳐도 모른 척 지나쳤다.

그래서일까.

단상 앞에 서 있는 우민이 정말 생판 모르는 남처럼 느껴졌다. 강연을 하고 있는 우민도 마찬가지인 듯 자신과 눈이 마주쳐도 아무렇지 않게 강연을 이어나갔다.

'하긴 시간이 많이 흘렀으니까.'

쿠에시는 미안함과 질투가 뒤섞인 복잡 미묘한 마음으로 우민을 바라보았다.

강연 시간이 끝나고 방으로 돌아온 쿠에시는 가장 먼저 인터넷을 통해 자신이 출판한 책의 순위를 확인했다.

5. Indgnation.

...

21. To Her.

얼마 전에 확인했을 때가 19위였다. 그새 2위가 더 떨어져 있었다.

우민이 출판한 'Indgnation'은 드라마의 인기에 힘입어 단숨에 5위까지 치고 올라갔다.

좁힐 수 없는 저 간극이 자신과 우민의 차이를 말해주는 것 같아 참을 수 없는 자괴감이 스멀스멀 피어올랐다.

"그래도… 다행이야. 가족들이 미국으로 올 수 있어서."

무려 전미에서 20위다. 잉크 출판사의 사장은 약속대로 쿠에시가 투자 이민을 할 수 있도록 도와주었다.

쿠에시가 마음속 깊이 생겨난 자괴감을 이겨낼 수 있는 원동력이었다.

"벌써 신작 소설을 내다니 정말 글쓰기 능력 하나만큼은 타의 추종을 불허한다니까."

쿠에시가 잉크 출판사에서 도착한 우민의 신작 책을 펼쳐 들었다.

제목이 'To Friend'.

'친구에게'였다.

첫 장을 넘기자 익숙한 우민의 필체가 눈에 띄었다.

가장 친했던 친구와 함께 써 내려가지 못한 아쉬움을 뒤로 하고.

모든 것을 잊고.

새롭게 시작하기 바라는 마음으로.

함께 쓰지 못한 아쉬움?

쿠에시는 순간 커다란 망치가 뒤통수를 때리는 것 같은 느낌에 정신을 차릴 수가 없었다.

우민을 알아온 지 겨우 1년이 조금 넘었을 뿐이지만 이 구절이 뜻하는 바가 무엇인지 정도는 알 수 있었다.

"설마……."

스르륵.

쿠에시의 손에서 책이 흘러내렸다.

"이걸… 공저로 낼 생각이었나……."

아프리카 아이들을 우민이 의견을 내고 쿠에시가 다듬으며 공저를 한 것처럼, 우민은 최후의 수단으로 또 다른 공저 작품을 준비하고 있었다.

쿠에시가 출판한 책이 인기가 없어 시장에서 반응을 얻지 못해 묻혀 버릴 때를 대비한 것이다.

과연 자신의 생각이 맞는지 쿠에시는 급하게 책을 펼치고 읽어 내려갔다.

처음 만났던 순간에서부터 최근 일까지 자신과의 추억들이 낱낱이 기록되어 있었다.

그리고 미래의 일까지…….

소설의 주인공은 조급해하는 친구를 위로하며 또 다른 공저 작품을 제안하고 있었다.

"젠장… 새롭게 시작하기 바란다고?"

잊고 있던 죄책감이 물밀 듯이 밀려왔다. 앞 구절에서부터 느껴졌다. 자신은 용서받았다.

오히려 그 사실이 더욱 죄책감을 느끼게 만들었다.

"젠장, 젠장……."

책을 내려놓은 쿠에시가 책상에 엎드려 흐느꼈다. 방으로 들어서려던 카타리나가 그 모습에 선뜻 들어가지 못하고, 등을 돌렸다.

*　　　*　　　*

캘리포니아에 살고 있는 데이먼은 'Indgnation'의 열렬한 애청자다. 그는 목요일 밤만을 기다리며 퇴근 후 편하게 침대에 누워 넷링크에 접속한다.

"어디 볼까."

침대 옆에는 팝콘까지 준비해 두었다.

딸칵.

마우스로 클릭하자마자 넷링크 메인 화면에 마지막 에피소드가 업로드되어 있었다.

클릭하고 들어가자 지금까지 한 번도 보지 못했던 문구가 눈에 띄었다.

원인을 알 수 없는 오류 발생.

원인을 알 수 없는 오류 발생.

원인을 알 수 없는 오류 발생.

네 번째 클릭에 겨우 접속했지만 속도가 이루 말할 수 없을 정도로 느렸다.

HD 1,080으로 플레이하면 '사라아아져 버려어' 같은 오디오 늘림 현상이 심해 볼 수가 없을 지경이었고, 가장 낮은 해상도인 320p로 플레이해도 약간의 끊김이 발생했다.

"짜증 나게 이게 무슨 일이야."

데이먼은 당장 넷링크 고객 센터에 질문을 남겼다. 하지만 고객 센터에 접속하는 것조차 쉽지 않았다.

넷링크에 접속 중이라는 로딩 화면이 기다리고 있는 그를 비웃기라도 하듯 사라지질 않았다.

*　　　*　　　*

넷링크 시스템 엔지니어가 올린 장애 보고서에 적힌 내용은 간단했다.

〈넷링크에는 문제가 없다. ISP(Internet Service Provider: 인터넷 서비스 제공 사업자)에서 사용자 집중에 따른 속도 제한으로 장애 발생.〉

보고서를 받아 든 'Indignation'의 총괄 디렉터가 화를 참지 못하고 보고서를 집어 던졌다.

"ISP 이놈들은 갑자기 돈독이 올랐나. 왜 이러는 거야!"

"어젯밤에 'Indignation'의 마지막 에피소드를 보기 위해 사용자가 몰려서 ISP 쪽에서 걸어둔 트래픽 제한에 걸린 모양입니다."

"젠장, 그렇지 않아도 이번 정권이 망 중립성 폐지에 무게추를 움직이는 모양인데……."

망 중립성.

간단하게 말해서 인터넷을 통해 전송되는 모든 유형의 데이터는 같은 속도로 전송되어야 한다는 원칙이다.

망 중립성이 잘 지켜진다는 것은 동등한 속도로 전송된다는 뜻이고, 지켜지지 않는다는 건 곧 어젯밤에 일어난 일처럼 전송 속도에 문제가 생긴다는 뜻이다.

"그래도 'Indignation'의 인기가 대단합니다. 그런 악조건 속에서도 마지막 에피소드가 회사 자체 최고 조회 수를 넘었습니다."

"FCC 쪽에 건의해도 소용없겠지?"

FCC(연방 통신 위원회)는 미국의 통신 사업을 관리 감독하는 기관이다.

"일단 회사 측에서 항의를 하겠다고 합니다. 로비스트를 통해서 의회 쪽으로도 접촉을 한다고 하니 기다려 봐야죠."

"앞으로 가입자가 더 늘면 또 같은 사태가 생긴다는 말이잖아. 빨리 해결돼야 할 텐데……."

총괄 디렉터의 고심이 깊어졌다.

망 중립성은 미국 내에서도 논란이 많은 이슈였다. 공화당은 폐지 쪽에, 민주당은 유지를 주장하며 첨예하게 맞서고 있는 상황이었다.

넷링크도 당연히 망 중립성을 유지하자는 입장이었다. 망 중립성이 폐지되는 순간 ISP에게 많은 돈을 지불하고 인터넷 속도 제한을 풀어야 한다.

비용은 올라갈 테고, 넷링크 유료 이용 단가를 높여야 한다. 그렇게 된다면 성장세에 제동이 걸릴지도 모를 일이었다.

* * *

삼엄한 경비 속에서 '총, 그리고 술과 담배의 밤'이라 명명되어진 정치 자금 모금 행사가 벌어지고 있었다.

주최자인 레이먼드가 잔을 들며 건배사를 외쳤다.

"미국의 성공을 위하여!"

자리에 참석한 사람들이 잔을 들며 따라하고, 금세 시끌벅적한 분위기가 만들어졌다.

여러 사람들과 이런저런 이야기를 나누던 레이먼드의 곁으로 활짝 웃는 얼굴의 남성이 다가왔다.

그가 가까이 오기 전 곁에 있던 보좌관이 귓속말을 전했다.

"넷링크 쪽 로비스트입니다."

"잘됐군."

레이먼드도 만면에 활짝 미소를 띠며 손을 내밀었다.

"하하, 멀리 캘리포니아에서 오신 분이군요. 오늘 행사에 참여해 주셔서 감사합니다."

넷링크 쪽 로비스트가 손을 맞잡았다.

"미국의 미래를 걱정하는 자리에 어찌 참가하지 않을 수 있겠습니까. 당연히 와야지요."

"하하, 같은 곳을 보고 있는 걸 보니 동지시군요."

"저야 항상 의원님을 지지하고 있었습니다."

서로가 직접적인 속내를 밝히지 않으며 탐색전을 펼쳤다.

"저도 감사의 표현을 해야 할 텐데 참… 마땅한 게 없군요."

"아닙니다. 이렇게 얼굴을 뵙는 것만으로 충분합니다."

레이먼드가 들고 있던 위스키를 쭉 들이켰다.

"다행이군요. 보기 싫은 얼굴이 아니라서… 보기 싫은 얼굴을 보는 것만큼 화가 나는 일이 어디 있겠습니까?"

넷링크의 로비스트는 단숨에 레이먼드가 하고자 하는 말의 의도를 깨닫고 입을 다물었다.

"그걸 풀려고 이렇게 술을 먹어도 쉽게 풀리지가 않죠. 안 그렇습니까?"

로비스트도 들고 있던 잔을 쭉 들이켰다.

"하하, 맞습니다."

"애초에 스트레스를 안 받는 게 정답인데… 이게 일을 하다 보면 또 그럴 수가 없으니… 난제입니다."

잠시 뜸을 들이던 레이먼드가 말을 이었다.

"그래도 우리에게 문제를 풀 시간은 충분할 겁니다. 그쪽이 가지고 있는 문제도, 제가 가지고 있는 문제도……."

여운을 남긴 레이먼드가 자리를 떠났고, 로비스트는 황급히 어딘가로 전화를 걸었다.

*　　　*　　　*

마지막 에피소드가 최고 시청률을 찍고 벌써 한 달이 지났다. 방송이 되기 전만 해도 다음 시즌 계약을 하겠다는 의사를 내비치던 넷링크 쪽에서 아무런 연락이 없었다.

에이전트인 손석민이 연락을 해보아도 검토 중이라는 답변만 돌아올 뿐 가타부타 확답이 없었다.

"아무래도 다음 시즌 계약은 안 하려나 봐."

"굳이 안 해도 돼요. 쓰고 싶은 글은 아직 많으니까요."

우민의 말에 손석민이 호탕하게 웃어 보였다. 다른 작가가 저런 말을 했다면 허황된 소리로 치부했을 것이다.

그러나 우민이 하기에 믿을 수 있었다.

"요즘 난리다. 음원 차트 줄 세우기처럼 책으로 차트 줄 세우기 한다고."

"헤헤, 빨리 몇 권 더 출판해서 1위부터 10위까지 전부 차지해야 하는데… 아쉽네요."

이제는 몸과 마음의 건강을 많이 회복했는지 얼굴에도 조금씩 살이 오르고 있었다.

해맑게 웃으며 자신감에 가득 찬 말을 하는 모습이 그렇게 반가울 수 없었다.

"노벨상도 타고 말이지?"

"역시 제 에이전트님이셔서 그런지 저의 마음을 정확하게 아시네요."

"하하, 그래. 너라면 할 수 있을 거다."

넷링크로부터 연락이 없는 건 그리 신경 쓰지 않기로 했다. 어차피 세상은 넓고 할 일은 많지 않은가.

*　　　*　　　*

이렇게 시간을 질질 끄는 건 좋지 않다고 총괄 디렉터는 몇 번이고 강조했으나, 본사 임원진은 두 가지 사이에서 줄다리기를 하고 있었다.

망 중립성.

다음 시즌 제작.

둘 중 어느 것이 더 회사에 이득일 것인가?

"차라리 돈을 지불하고 회선의 속도를 놀리자고 해도 요지부동입니다. 워싱턴과의 관계도 끼어 있다 보니 결정이 쉽지 않은 모양입니다."

디렉터의 말에 아론 톰슨이 긴 한숨을 내 쉬었다.

"다시 한번 말씀드리지만 제가 쓴다고 해도, 시즌 1과 같은 반응은 기대하기 힘들 겁니다. 미묘한 차이를 누구보다 시청자들이 먼저 알아차릴 거예요."

"일단 다음 시즌 계약해야 한다고 몇 번이고 건의했는데, 말이 통하질 않는군요."

"놓치면 후회할 겁니다. 이미 다른 방송사에서 접촉하고 있다는 소문이 심심치 않게 들려오고 있는 중이에요."

디렉터가 답답하다는 듯 말했다.

"저라고 왜 그걸 모르겠습니까."

"에미상 후보로까지 거론되고 있는 작품입니다. 버스 놓치고 후회하지 말고, 제때 탑승하시길……."

그 말을 끝으로 아론 톰슨이 입을 다물었다. 어차피 선택은 저들의 몫이다.

*　　　　*　　　　*

난감한 표정의 디렉터가 말을 잇지 못하고 멍하니 손석민을 바라보았다.

"건강이 좋질 않아서요. 죄송합니다."

"액수를 말씀해 주시면 최대한 맞춰 드리겠습니다. 그래도… 안 되겠습니까?"

"네."

손석민은 단칼에 잘라냈다. 그렇게 답을 달라고 할 때는 검토 중이다, 대기해라, 애먼 시간을 쏟게 만들고는 이제 와서 계약을 하자니.

이미 버스는 떠났다.

"하아… 그러면 일단 이것 받으십시오."

디렉터가 비장의 무기인 것처럼 백지수표를 꺼내 들었다. 백지수표의 출현에 손석민도 흠칫 놀라며 재빨리 수표를 살폈다.

수표는 진짜였다.

"혹시라도 생각이 바뀌시면 여기에 금액을 적어주세요."

"……."

"자체 시청률 최고치까지 경신한 작품에 대해 저희가 소홀했다는 점 인정합니다. 그러나 내부적으로도 사정이 있었습니다. 그 점만 감안해 주세요."

수표에 놀라 잠시 혼이 나가 있던 손석민이 말했다.

"그 사정이 저희한테도 있어요. 수표까지 받았으니, 다시 한 번 일정을 검토해 보겠습니다. 오늘은 여기까지 하죠."

손석민의 축객령에 디렉터가 자리를 떠났다.

다음 날.

아론 톰슨이 우민을 찾았다. 디렉터를 뒤이어 우민은 찾은 아론도 같은 목적이었다.

이미 손석민에게 어제 있었던 일을 들은 우민이 말했다.

"얼마 전까지만 해도 편성이 될지 모르겠다, 계약을 검토 중이다, 선풍적인 인기를 끌고 있다는 걸 피부로 느끼고 있음에도 그런 말을 했습니다. 그런데 이제는 또 갑자기 계약을 하고 싶다며 백지수표를 내밀다니 어느 장단에 춤을 춰야 할지 모르겠네요."

"너도 알다시피 드라마가 인기가 끌수록 인기가 떨어지는 사람이 있다. 그 사람 때문이야."

자기가 쓴 드라마다. 우민은 아론 톰슨이 말하는 '그 사람'

이 누군지 단번에 알아들었다.

"설마 직접 연락이 온 건 아닐 테고, 그 주변에서 언질이 있었나 보죠?"

"정확히 말하면 워싱턴 쪽에서 연락이 있었어. 그쪽에서 활동하고 있는 회사 쪽 로비스트를 통해서 만약 계속 드라마를 방영하면 '망 중립성'의 폐지에 무게를 싣겠다는 말이었지."

"망 중립성이라면……."

우민도 인터넷을 하다 본 기억이 있는 단어였다. 아론 톰슨이 친절하게 설명을 덧붙였다.

"그래, 망 중립성이 폐지되면 인터넷 사용량에 따라 비용이 달라지지. 지금도 논란이 있는 개념이라 회사에서도 갑론을박이 펼쳐졌나 봐. 드라마를 방영하게 되면 인터넷 회선 사용료가 올라갈 판이라."

"아이러니하네요. 인기가 많을수록 이익이 아니라 비용이 커진다니."

"그래서 연락을 못 했던 거다. 결코 네 작품에 대한 미래의 인기를 가늠하기 위한 것이 아니었어."

솔직한 설명 덕분에 우민의 마음이 차츰 계약 쪽으로 기울었다.

"그랬군요……."

"회사에서도 계약만 되면 당장 ISP에게 비용을 더 지불하겠다고 했어. 네가 쓴 작품이야. 흥행 보증수표 아니냐."

"하하, 작가님이 도와주셔서 얻은 결과인걸요."

"그렇게 말해주니 고맙구나."

"말씀을 들으면 들을수록 시즌 2도 꼭 해야겠다는 생각이 드네요. 시즌 1이 눈에 보이는 물리적인 벽을 주제로 이야기를 풀어갔다면 시즌 2에서는 망 중립성처럼 '무형적인 벽'을 주제로 이야기하고 싶어서요."

"그 말은?"

"네. 계약하겠습니다. 백지수표까지 받았는데 가만히 있을 수야 없죠."

우민이 주머니에 넣어 두었던 백지수표를 내밀었다. 백지수표에 적혀 있는 금액은 400만 달러. 에피소드 20개를 기준으로 잡아 한 회당 2억이 넘는 금액이었다.

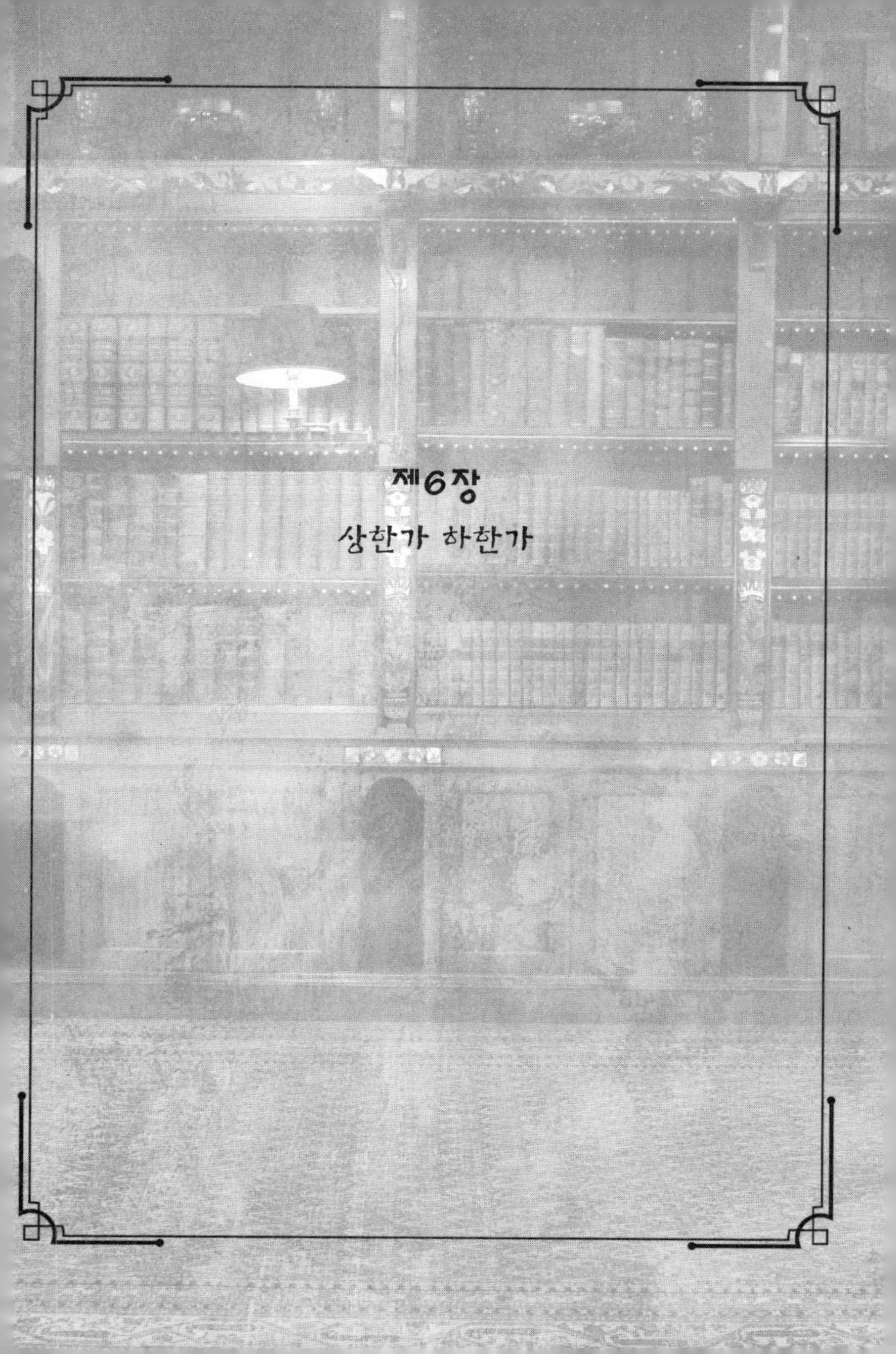

제6장

상한가 하한가

병원에 들른 우민에게 희소식이 전해졌다.

"당분간 병원에 오지 않아도 되겠어요. 다시 한번 말하지만 당분간입니다. 작가를 하고 계신다니 '당분간'이 어떤 의미인지는 저보다 잘 알 거라 생각해요."

"제대로 관리하지 않으면 다시 병원 신세를 질 수도 있다는 말씀 새겨듣겠습니다."

"두 번째 재발입니다. 관리를 하지 않으면 세 번째는 더 빨라질 거예요."

의사가 짐짓 엄한 표정을 지으며 충고를 거듭했다. 함께 병원을 찾은 카타리나도 팔짱을 끼곤 잔소리를 늘어놓았다.

"의사 선생님 말씀 잘 들었지? 앞으로 한 번만 더 무리하면 끝이야, 끝. 응? 명심하란 말이야."

우민이 고개를 끄덕이는 것으로 대답을 대신했다.

"이건 여담인데… 항상 카타리나를 데리고 다니면서 사회 경험을 시켜줘서 고맙네."

갑작스러운 말에 카타리나가 당황하며 소리쳤다.

"아빠!"

"아닙니다. 카타리나가 성격이 좋아서 오히려 제가 도움을 많이 받고 있어요."

의사 선생이자 카타리나의 아버지가 딸을 바라보았다.

"이제 걱정 안 해도 되겠네. 딸, 성격 좋다는데?"

아버지와 우민의 대화에 한껏 당황한 카타리나가 목까지 홍조를 띠며 달아올랐다.

그러면서도 도끼눈을 뜨고 눈을 흘겼다. 의사 선생이 부르르 몸을 떨며 말했다.

"하하, 이거 후환이 무서워서 그만해야겠어. 감사 인사는 내 딸에게 해주게."

눈을 찡긋거리며 하는 말에 카타리나가 부끄러움을 참지 못하고 소리쳤다.

"아빠!"

우민은 그 아버지에 그 딸이라 생각하며 병원을 벗어났다.

손석민에게는 기다릴 필요 없다고 이미 말해두었다. 의사 선생님의 말이 없었더라도 우민은 카타리나에게 충분히 고마움을 느끼고 있었다.

손목이 아픈 자신의 손이 되어주는 수고를 마다치 않았다. 쿠에시와의 이별에 힘들어하던 자신에게 힘이 되어주었다.

그 보답을 하고 싶었다.

"평소 사고 있었던 거 있으면 말해봐. 이번에는 '시'가 아니라 옷이나 액세서리 같은 걸로 선물할 테니까."

병원을 나오자마자 선물을 하겠다는 우민의 말에 카타리나의 눈이 휘둥그레졌다.

"갑자기 웬 선물? 사람이 안 하던 짓 하면 죽을 신호라는데 너 설마… 아직 우린 10대야. 죽기에는 이르다고."

"헛소리하면 그냥 가고."

우민의 냉담한 반응에 카타리나가 황급히 팔짱을 끼며 말했다.

"아, 아니야. 가자! 오랜만에 쇼핑을 한번 해볼까!"

활기찬 카타리나의 표정에 우민은 오한이 드는지 흠칫 몸을 떨었다.

불길했던 예감은 적중했다. 옷을 사주러 왔건만 정작 옷을 입고 있는 건 자신이었다.

"여기, 이 옷도 입어봐."

카타리나가 군데군데 헤진 푸른색 청난방을 내밀었다.

"이번이 마지막이다?"

"알았다니까 그러네. 어서 입어봐."

카타리나의 재촉에 우민이 할 수 없다는 듯 청난방을 걸쳤다. 잘생긴 외모가 옷의 보정 효과를 받아 더욱 플러스되었다. 마치 반항아 제임스 딘을 연상케 할 만큼 터프한 매력이 철철 흘러넘쳤다.

"됐지?"

"이야, 곱상하게만 생긴 줄 알았는데 이런 거친 남성미도 가지고 있었구나."

"이제 벗는다. 어서 네 옷이나 골라."

벗는다는 말에 카타리나가 짓궂게 웃어 보이며 우민의 가슴을 주먹으로 톡톡 두드렸다.

"어머, 벗다니 여기서? 아잉……."

"……."

어이가 없던 우민이 넋을 놓고 카타리나를 바라보았다. 그런 우민의 귀에 카타리나가 '후' 하고 바람을 불어 넣었다.

"나는… 괜찮아."

우민이 미간을 짚으며 긴 한숨을 내쉬었다.

* * *

우민의 두 손에 잔뜩 쇼핑백이 들려 있었다. 모두 자신의 옷이다. 카타리나의 옷은 결국 하나도 사지 못했다.

그렇게 도착한 곳이 결국 서점이었다.

"정말 여기가 좋아."

"뭘 사려고?"

"글쎄, 따라와 보면 안다니까."

앞서거니 뒤서거니 하며 서점을 돌아다녔다. 드라마의 흥행 덕분에 우민이 출간한 '친구에게'도 괜찮은 성적을 보이고 있었다.

벌써 미국에서 출간한 서적만 세 권.

서점에서는 우민 작가 특별전까지 펼쳐져 있었다. 카타리나의 발걸음이 거기에서 멈췄다.

"여기, 이거 세 권 사줘."

잘못 들었다고 생각했다. 우민이 되물었다.

"이걸 사달라고?"

"응. 여기 책 세 권 다."

"이미 있잖아."

이미 예전에 출간 기념으로 하나씩 선물로 돌렸다. 그런데 한 권을 더 사겠다니. 무슨 의미인지 알 수가 없었다.

“그건 읽는 용이고, 지금 사려는 건 소장용. 이 정도는 해줘야 팬이라고 할 수 있지 않겠어.”

우민이 헛웃음을 터뜨리며 말했다.

“하하, 정말 이거 세 권 사달라고?”

“옷은 입을수록 닳고 닳아 없어지지만 글을 되새김질할 수록 머릿속에 각인되어 새로운 의미로 기억되니까.”

“타냐.”

“어?”

이번에는 우민이 짓궂게 웃어 보였다.

“내 ‘시’ 선물이 그렇게 마음에 들었어? 매번 되새김질하면서 새로운 의미에 감탄할 만큼?”

당황한 카타리나가 말을 더듬었다.

“누, 누가 그랬대? 그, 그냥 말이 그렇다는 거지. 옛 선인들이 많이 하신 말씀이시잖아. 책을 곁에 두어라. 몰라?”

우민은 들리지 않는다는 듯 하고 싶은 말을 계속 이어나갔다.

“아니, 그 정도로 감동했으면 말을 하지 그랬어. 내가 하나 더 써줬을 텐데. 난 또 몰랐지. 오늘 괜히 하루 종일 옷 산다고 돌아다녔잖아.”

책을 들고 계산대로 가는 카타리나 뒤에서 우민이 짓궂게 말을 이었다.

“뭐, 뭐라는 거야, 자꾸. 어서 이거 계산이나 해.”

“타냐에게.”

카타리나의 볼이 더할 나위 없이 달아올랐다. 오늘만 벌써 두 번째. 이 아이 옆에서 있다 보면 이렇게 수도 없이 긴장되는 순간이 찾아온다.

“…….”

“투.”

앞서가던 카타리나가 고개를 돌렸다. 뒤따라가던 우민이 멈추지 않았다면 부딪쳤을 정도로 가까운 거리.

서로의 숨 바람이 느껴지는 거리였다.

“제목이 ‘타냐에게 투’야. 두 번째 시라는 뜻이지.”

우민의 장난에 카타리나가 목청을 키웠다.

“야!”

“하하, 귀까지 빨개졌네? 부끄러운가 봐?”

카타리나가 대답하지 않은 채 고개를 돌렸다. 부끄러운 게 아니라 두근거렸다.

두근거림은 책을 사고 집으로 돌아갈 때까지 멈추지 않았다.

*　　　　*　　　　*

시즌 2 제작 발표회.

주연 배우진, 연출, 메인 작가진이 한자리에 모였다. 시즌 1이 끝난 지도 벌써 수개월.

유민아는 착잡한 표정으로 우민을 바라보았다.

그간 정기적으로 오는 안부 인사는 몇 번 있었다. 가족끼리 모여 식사 시간을 가진 적도 있었다.

하지만 둘이 개인적으로 만난 적은 없었다. 이렇게 멀어지는 건가 싶어 마음이 복잡했다.

특히나 우민의 옆에 붙어 있는 저 아이를 보니 심란함이 더했다.

옆에 있던 게리 벨슨이 유민아에게 물었다.

"발표회 끝나고 있는 파티가 있는데 같이 가겠어? 파티에 저스틴 로스도 온대."

유민아가 돌연 목청을 높이며 주변에 앉아 있는 다른 배우들, 특히 우민이 앉아 있는 쪽을 보고 말했다.

"파티? 시즌 시작하기 전에 의기투합도 할 겸 다 같이 가는 건 어때?"

다른 조연 배우들이 어, 어 하며 고개를 끄덕이자 유민아가 먼저 카타리나에게 물었다.

“카타리나, 너는?”

“나는…….”

대답을 하려던 카타리나가 우민에게로 고개를 돌렸다. 우민에게 답을 구하는 모습이 그렇게 꼴 보기 싫을 수 없었다.

생각에 빠져 있던 우민이 슬쩍 고개를 들어 유민아가 앉아 있는 쪽을 바라보았다.

게리 벨슨의 이글거리는 시선이 느껴졌다. 그 시선을 느끼자마자 답이 나왔다.

“그러지 뭐.”

카타리나가 급히 손을 들며 말했다.

“나도! 나도!”

대기실 문이 열리며 디렉터가 아론 톰슨과 함께 방으로 들어왔다.

“자, 나가자.”

익숙한 카메라 플래시 세례가 이어졌다. 카타리나는 어색한지 눈을 어디에 둘지 몰라 했다.

연신 앞에 놓여 있는 물을 마시며 입술을 축였다. 우민이 그런 카타리나의 어깨에 살짝 손을 짚었다.

“심호흡해 봐.”

몇 번의 심호흡을 거듭하자 조금 진정이 되는지 카타리나는 그제야 자연스럽게 정면을 바라볼 수 있었다.

그 순간에도 기자들의 질문 세례는 끝없이 이어지고 있었다. 주연 배우들, 연출자, 아론 톰슨이 돌아가며 기자들의 질문에 답했다.

그렇게 질답의 시간이 이어지던 중 또 다른 기자 한 명이 자리에서 일어나며 물었다.

"기존 넷링크 시청율 기록을 모두 갈아치우며 인기를 끌었던 드라마의 제작이 늦어진 건 외압이 있기 때문이다, 라는 소문이 있는데요. 혹시 여기에 대해서는 어떻게 생각하십니까?"

기자의 질문에 디렉터가 마이크에 얼굴을 가까이 대며 입을 열었다.

"시즌 제작이 늦어진 이유는……."

우민이 대답을 가로챘다.

"외압 때문이 맞습니다."

기자들이 술렁거리며 빠르게 셔터를 눌렀다. 질문을 한 기자도 당황했는지 놀란 눈으로 우민을 바라보았다. 앉아 있던 다른 기자들도 빠르게 손을 들었다.

"기자님께서 말씀하셨듯이 마지막 화 시청률이 800만을 넘을 정도로 인기가 있었는데 다음 시즌 계약이 늦어졌습니다. 이유가 뭘까요? 합리적인 의심을 할 수밖에 없는 상황이었습니다."

잠시 물을 들이켠 우민이 말을 이었다.

"특히나 마지막 화 시청 때 스트리밍의 속도가 극악한 수준으로 느려졌습니다. 통신사에서는 회선에 대한 테스트가 진행 중이었다는 보도를 내놓았습니다. 하지만 저는 일종의 경고로 받아들였습니다. 다음 시즌을 제작하지 마라. ISP에 그런 입김을 넣을 수 있는 곳이 어딜까요?"

우민이 논란의 확산을 막기 위해서인지 한마디를 덧붙였다.

"이건 물론 제 개인의 입장일 뿐입니다."

질문을 했던 기자가 빠르게 말을 이었다.

"표현의 자유는 수정 헌법 1조에도 보장된 권리입니다. 그런 권리가 제대로 지켜지지 않고 있다는 말로 받아들여도 됩니까?"

우민이 오히려 웃음을 흘렸다.

"그렇게 받아들이셔도 됩니다. '자유의 나라 미국은 이제 더 이상 자유의 나라가 아니다'."

우민이 슬쩍 아론 톰슨 쪽을 바라보았다. 예전 아론 톰슨이 드라마에서 했던 대사의 패러디였다.

"시즌 2 첫 번째 에피소드의 제목입니다."

우민이 예견이라도 했다는 듯 자리에서 일어났다. 이미 디렉터의 지시로 진행 요원들이 나서서 기자회견이 끝났다는 말을 전하고 있었다.

그러나 특종을 놓치지 않겠다는 듯 기자들은 저지선 너머로 마이크를 들이밀며 뜨거운 취재 의지를 보여주었다.

기자회견장에서 있었던 일은 기자에게서 데스크로 전해졌고, 각종 미디어들의 뉴스로 미국 전역에 전해졌다.

그날 밤.

유명 SNS에도 대통령의 한 줄 논평이 올라왔다.

—I Hate TV Show.

그게 어떤 의미인지 모를 사람이 없었다. 파티장으로 이동하는 차 안에서 SNS을 확인한 우민이 대통령의 SNS 메시지에 댓글을 달았다.

—앞으로는 사랑하게 될 겁니다.

옆에서 지켜보던 카타리나는 어이가 없다는 듯 고개를 저었고, 함께 파티장으로 이동하던 유민아는 여전히 착잡한 심정을 감추지 못했다.

*　　　*　　　*

논란 속에 제작 발표회가 끝난 후, 주, 조연 배우들과 우민, 카타리나는 각자의 차에 나누어 타고 도로 위를 달렸다.

목적지는 캘리포니아의 대표적인 부촌, 비버리 힐즈를 향해 달렸다.

앞에서부터 경비원이 지키고 있는 대저택의 문턱을 넘어서고 나서도 십여 분을 더 차를 타고 들어가서야 '파티'라는 것이 열리는 장소에 도착할 수 있었다.

안으로 들어서자마자 귀를 찌르는 음악 소리에 홍청망청하는 분위기가 피부로 느껴졌다.

손석민이 우려를 감추지 못했다.

"아저씨는 지금이라도 집으로 갔으면 하는구나. 다시 한번 말하지만 여기는 총기가 허용되는 나라다. 누군가 어디서 총질을 할지 몰라."

우민의 날카로운 혀에 찔린 어떤 인간이 분노를 참지 못하고 무슨 짓을 저지를지 모른다.

특히나 파티같이 심적으로 흥분된 상태라면 더욱 안심할 수가 없었다.

"아저씨, 괜찮아요. 민아 누나가 걱정되기도 하고… 이런 분위기가 어떤 건지 경험해 보고 싶기도 하고요."

"이 녀석아, 괜찮기는. 방금 제작 발표회에서도 일을 저지르지 않았느냐."

"하하, 그거야 다 치밀한 계산인 거 아시잖아요. 이슈화가 되고, 사람들 입에 오르내리고, 시청률이 올라가고."

"시청률 올리려다 아저씨 심장 떨어지겠다."

손석민의 걱정에 카타리나가 나섰다.

"걱정 마세요, 아저씨. 이 녀석이 헛소리를 할라 치면 제가 나서서 입을 틀어막아 버릴 테니까요."

"하하, 그래. 꼭 저 녀석의 입을 틀어막아 버려라. 혹시 술에 입을 댈라 치면 아저씨에게 와서 말해라."

파티라는 말에 잔뜩 흥분한 카타리나가 소리쳤다.

"네!"

그래도 손석민은 걱정스러운 기색을 감추지 못했다. 사뭇 파티라 하면 술이 빠질 수 없다. 알코올이 들어가는 순간 이성은 사라지고 예상치 못한 각종 사건 사고들이 벌어진다.

미성년자에게 술을 권하지는 않겠지만 저택의 분위기를 보니 걱정이 앞섰다.

우민이 알았다며 고개를 끄덕였다.

"걱정 마세요. 그냥 분위기만 보는 거예요. 할리우드 셀럽들을 직접 볼 수 있는 기회잖아요. 조용히 있다가 금방 나올게요."

말을 마친 우민이 카타리나와 차에서 내렸다. 앞 차에서 유민아가 내리는 모습이 보였다.

파티 때문인지 간단한 액세서리에 어깨선이 드러난 드레스가 눈을 뗄 수 없게 만들었다.

우민은 무심하게 바로 고개를 돌렸다. 뒤이어 좇아온 차에서 내린 게리 벨슨이 유민아에게 다가가 팔을 살짝 잡았다.

"들어가자."

2m 가까이 되어 보이는 흑인 남성 두 명이 문 앞에 서 있었다. 게리 벨슨이 초대장을 내밀자 거친 인상의 경호원이 일일이 참석자 명부를 확인하며 일행을 통과시켜 주었다.

뒤에 있던 우민도 삼엄한 분위기에 살짝 놀란 듯 조심스럽게 발걸음을 옮겼다.

*　　　　*　　　　*

문 안쪽의 분위기는 정반대였다. 꽤나 많은 남녀들이 자유로이 저택 안을 돌아다니고 있었다.

고개를 돌리려는 우민을 카타리나가 손을 들어 제지했다.

"야! 보지 마. 눈 감아!"

통유리로 되어 있는 창문 바깥쪽에 설치된 수영장이 문제였다. 겨우 가슴을 가릴 수 있는 손바닥만 한 크기의 비키니를 입은 수십 명의 여자들이 수영장 주변에서 서성이고 있었다.

그러나 키가 큰 우민의 시야를 가릴 수는 없었다.

"……."

우민도 할 말을 잃었다. 몇 번의 호기심에 살색 영상을 본 적은 있었다.

LA 해변가에서도 이런 광경을 종종 목격했었다.

그러나 이곳은 또 달랐다.

한눈에 시선을 사로잡을 미인들이 저마다의 매력을 뽐내고 있었다.

마치 유혹의 손길을 보내는 것처럼 음악에 맞춰 몸을 흔들고 있었다.

"야! 보지 말라고! 안 되겠다. 그냥 가자."

그 중심에 저스틴 로스라는, 우민도 말로만 듣던 가수가 있었다.

저스틴이 다가와 게리 벨슨과 주먹을 부딪치며 인사했다. 그리고 옆에 있던 유민아를 의미심장하게 쳐다보았다.

"드라마 잘 봤어요. 나중에 기회가 되면 제 뮤직비디오에도 출연해 줄래요?"

"기회가 되면요."

도도한 유민아의 말에 저스틴 로스가 눈을 빛냈다. 자신의 뮤직비디오에 출연하지 못해 안달난 여배우가 줄을 섰다.

인기를 얻고 난 후 이런 반응은 흔치 않았다. 게리 벨슨과 짧게 눈빛을 교환한 저스틴 로스가 말했다.

"그래요. 재밌게 놀다 가세요. 게리, 숙녀분과 즐거운 시간 보내도록 해."

그가 돌아가고 우민이 슬쩍 카타리나를 바라보았다.

"웬일이야. 세계적인 스타를 눈앞에서 봤는데 이렇게 조용하다니. 너답지 않은데?"

우민의 농담에도 카타리나는 심각한 표정을 풀지 않았다. 우민이 다시 물었다.

"야, 왜 그래?"

"대마."

"뭐?"

"저기 소파에 앉아 있는 사람들, 대마를 피우고 있어."

놀란 우민이 카타리나의 시선을 따라가 보았다. 카타리나의 말대로 하얀 연기가 몽글몽글 피어오르고 있었다. 그것만 보아서는 대마라 특정하기 힘들었다.

"정말이야? 저게 담배가 아니라 대마라고?"

"이래 봬도 의사 딸이야. 담배와 대마 정도는 구분할 수 있다."

법안 통과로 인해 합법화가 진행 중이긴 했지만 여전히 불법이었다.

21세 이상은 술을 마실 수 있었기에 이해 가능한 범위였다.

그러나 대마까지는 아니었다.

아무리 대마에 우호적인 분위기가 형성되어 있고, 적발된다 해도 경범죄 수준의 처벌을 받는다지만 우민은 한국적인 정서가 강하다.

"나가자. 아무래도 여긴 아닌 것 같다."

몸을 돌린 우민이 유민아의 팔목을 잡았다.

"누나도 들었지? 나가자."

부지불식간에 팔목을 잡힌 유민아가 흠칫 몸을 떨며 말했다.

"시, 싫어. 조, 조금 이따가 갈 거야."

유민아의 거부에 우민이 짐짓 엄한 표정을 지어 보였다.

"밖에서 기다리는 어머니 생각도 해야지. 지금 여기가 어떤 상황인지 안 보여?"

우민의 질책에 유민아가 당황해하며 갈팡질팡했다. 그런 유민아의 반대편 손목을 게리 벨슨이 잡았다.

"본인이 가기 싫다는데 네가 왜 참견이냐. 안쪽에 테일러도 와 있으니까 들어가자. 앞으로 배우 생활에 대해 많은 조언을 해줄 거야."

테일러 리슨.

미국의 인기 드라마 가십에 출연했던 인기 여배우 중 한 명이었다.

우민의 반응은 한결같이 냉담하기만 했다.

"이런 곳에서 무슨 조언을 듣겠어. 나중에 들어도 되잖아."

갈등하던 유민아가 욱하는 마음에 소리쳤다.

"네, 네가 뭔데 그런 소리를 하는 거야. 나한테 관심도 없잖아."

그간의 섭섭함이 물밀 듯이 밀려 올라왔다. 자신에게 따뜻한 말 한마디 없던 과거, 카타리나와 함께 연출하는 오순도순한 모습이 반발심을 불러일으켰다.

"관심 많은 거 누나도 알잖아. 그렇지 않았다면 드라마의 주인공으로 추천하지도 않았겠지."

"그런데 나한테 왜 그래. 만날 카타리나랑만 놀고!"

마치 어린아이 같은 말투에 우민이 피식 웃음을 터뜨렸다. 우민이 유민아를 살살 달랬다. 이대로 두고 나가기에 이곳은 너무 위험했다.

"그런 거 아니야. 그러니까 나가자. 나가서 설명해 줄게."

우민이 유민아의 팔목을 잡은 손에 힘을 주며 잡아끌었다. 유민아도 싫지 않은지 반항하지 않고 발걸음을 옮기려 했다.

윽.

유민아가 비명을 토했다. 아직까지 반대편에서 게리 벨슨이 팔목을 잡고 있었다.

"정말 나갈 거야? 이런 장소에 초대받은 것 자체가 영광이라 생각해야 해. 다시는 기회가 없을지도 몰라."

유민아가 고개를 끄덕이려 하자 게리 벨슨이 다시 한번 강하게 잡아끌었다.

"정말 이대로 가버릴 셈이냐? 널 데려온다고 사람들에게 다 말해두었는데 그냥 가버리면 내 꼴이 뭐가 될지는 생각 안 해?"

게리 벨슨의 강한 압박에 유민아가 잡혀 있던 팔목을 뿌리치며 말했다.

"그래서 어쩌라고, 어차피 별로 오고 싶지도 않은 곳이었어. 네 꼴이 뭐가 될지 내가 꼭 상관해야 하나?"

우민에게는 한없이 아이 같은 모습이었지만 다른 사람들에게는 아니었다.

유민아는 우민의 손을 잡은 채 거침없이 저택을 빠져나갔다.

*　　*　　*

집으로 돌아가는 차 안.

우민이 생각에 빠져 있었다. 이대로 어설프게 관계를 유지하다가는 죽도 밥도 되지 않는다.

아직 미성년자. 어린 시절의 풋풋함이 남아 있었기에 애써 무시하고 있었지만 더 이상 그래선 안 될 것 같았다.

고심을 끝낸 우민이 입을 열었다.

"누나."

진지한 우민의 어투에 유민아가 겁이 나는지 귀를 막았다.

"들릴 거라 생각하고 말할게."

"하지 마."

유민아가 고개까지 흔들어대며 거부했다. 그러나 우민은 멈출 생각이 없었다.

"처음부터 가족처럼 생각하고 대했어."

예감이 적중했다. 더 이상 듣고 싶지 않았다. 괜히 같은 차를 탄 것 같아 후회스러웠다.

"안 들려."

"그 생각은 지금도 변함이 없어. 누나는 언제나 내게 누나였으니까."

우민은 여지를 두지 않았다. 그건 앞으로도 서로를 힘들게 할 뿐이라는 사실을 이제는 깨달았다.

명확한 관계의 정의가 필요하다.

"아니야! 아니라고!"

"한 번도 다르게 생각해 본 적이 없어."

카타리나는 일부러 다른 차에 태웠다. 우민은 김혜은이 운전하는 차에 타고 있었다.

앞좌석에서 운전을 하던 김혜은이 백미러를 통해 힐끗 둘을 바라보았다.

차라리 이렇게 되는 것이 자신의 딸에게는 더욱 좋은 일이라는 것을 아는지 김혜은은 굳이 입을 열지 않았다.

"나는 한 번도 그런 적 없어. 나는 가족이라 생각한 적이 없단 말이야."

유민아가 울먹이기까지 했다. 그 모습이 가엾고 우민의 가슴을 아리게 만들었다.

그래도 지금 끊어내야 한다고 생각했다. 가족처럼 생각하는 유민아가 자신을 의식하며 살고 싶게 하지 않았다.

"나는 가족이라 생각하지 않은 적이 없어."

유민아는 믿기지가 않는지 계속해서 떼를 썼다.

"그럴 리가 없어. 그럴 리가 없다고!"

우민은 그런 유민아를 그저 지긋이 지켜보기만 했다. 예전처럼 따뜻하게 안아주거나 투정을 받아주지 않았다.

냉정할 수도 있는 반응에 유민아가 원망스럽게 우민을 바라보았다.

"어떻게 나한테 이럴 수가 있어. 카타리나 그 아이 때문이야? 처음 미국으로 떠날 때만 해도 이렇지 않았잖아!"

이제는 화가 나는지 고함을 쳤다. 부정에서 분노의 상태로 넘어갔다.

"그런 거 아니란 거 누나도 잘 알잖아. 이제 더 이상 괜한 오해를 사고 싶지 않을 뿐이야."

계속해서 담담하게 반응하는 우민의 태도에 유민아는 몇 번 더 고함을 쳤다.

그렇게 수분이 더 흐르자 체념의 단계가 찾아왔다. 고개를 숙인 채 훌쩍이며 콧물을 삼켰다.

여전히 어깨를 들썩이고 있었지만 소리를 지르지는 않았다.

"우리 아직 어리잖아. 나중에 20살이 넘어서 달라질 수도 있잖아……."

정말 그럴 수도 있다. 실제 가족이 아니기에 마음에 변화가 생길 수도 있지만 희망 고문으로 유민아의 삶에 영향을 미치고 싶지 않았다.

이미 충분히 자신 때문에 휘둘리고 있었다.

"그럴 일은 없어."

평상시 자신에게 한 번도 보여준 적 없는 단호한 태도였다. 체념한 유민아가 입을 다물었다.

집으로 돌아갈 때까지 차 안에는 정적만이 가득했다.

*　　　*　　　*

우민은 유민아와 헤어지고 뒤따라온 손석민의 차를 탔다.

관계의 정의가 관계의 단절을 가져왔다. 우민은 헤어질 때 유민아의 표정에서 알 수 있었다.

끝이다.

왜 이렇게 되어버린 걸까.

싫은 걸 싫다고, 좋은 걸 좋다고 한 것뿐인데… 집으로 돌아오는 차 안에서 우민은 아무 말도 하지 않고 그저 차창 밖을 바라보았다.

"아저씨, 집으로 가주세요."

"응? 내일 학교 가야지. 집으로 가면… 학교는?"

"오늘은 어머니랑 있고 싶어요. 학교는 뭐, 어떻게든 되겠죠."

우민의 답답한 심정을 읽은 탓일까. 손석민은 아무 말도 하지 않았다.

함께 있던 카타리나도 차 안의 무거운 분위기를 충분히 느끼고 있는지 꾹 다문 입술을 열지 않았다.

'어쩌다 이렇게 돼버린 걸까…….'

처음으로 친구라 부를 만한 존재를 잃었다. 이제는 가족이라 부를 만한 존재가 옆을 떠났다.

극히 좁은 자신의 인간관계에서 몇 안 되는 소중한 존재들이었다.

'나에게 잘못이 있는 건가?'

답은 아니었다. 자신의 마음이 내키는 대로 행동하지 못한다면 관계가 무슨 의미가 있을까.

'아니면 내가 배려하지 못한 건가?'

친구 사이에도 가족 간에도 서로를 배려해야 한다고 배웠다. 그저 마음 내키는 대로, 이기적으로 행동했는지 생각해 보았다.

도저히 답이 나오질 않았다.

마침 차가 미국에 마련한 집에 도착했다.

"다 왔다. 일단 내려주고, 내일 아침 일찍 다시 올 테니까. 등교는 하도록 하자."

우민이 알았다며 고개를 끄덕이곤 차에서 내렸다. 몹시도 피곤한 밤이었다.

집으로 들어서는 우민을 보며 박은영이 깜짝 놀랐다.

"우민아!"

제작 발표회가 끝나고 학교로 돌아간다고 들었다. 예정에 없던 방문. 특히나 어두운 우민의 안색이 신경 쓰였다.

"그냥 오늘은 엄마랑 자고 싶어서."

무슨 일이 있음을 직감했지만 박은영은 굳이 캐묻지 않았다. 우민이 가장 힘들 때 찾는 사람.

그게 바로 자신이라는 사실에 안도감을 느꼈다.

"그래, 피곤하지? 어서 씻고, 눕자."

박은영이 따뜻하게 우민을 맞이했다. 집으로 들어선 우민은 바로 샤워를 하고 침대 속으로 들어갔다.

"우리 아들 오랜만에 한번 안아보자."

등을 켜놓고 책을 보고 있던 박은영이 두 팔을 벌려 그런 우민을 안았다.

심각한 와중에도 그런 박은영의 손길이 부끄러운 듯 살짝 피하려 했다.

"어릴 때는 항상 먼저 뽀뽀도 해주고 했는데 이제는 다 컸다고 내외하는 거냐?"

박은영의 농담 섞인 질책에 우민도 어쩔 수 없다는 듯 팔을 벌렸다. 우민은 그렇게 잠시 박은영의 품에 안겼다.

"따뜻해."

"언제나 따뜻할 거다. 세상 모든 게 변한다고 해도 그거 하나만은 변하지 않을 거야."

"정말?"

"당연하지."

"헤헤."

우민의 안색이 밝아지며 해맑게 웃어 보였다. 내면에 자리 잡고 있던 관계에서 오는 고민이 사그라지는 것 같았다.

"오늘 무슨 일이 있었는지 몰라도, 힘든 일이 있으면 언제나 집으로 오려무나. 집에 와서 푹 쉬도록 해. 그렇게 쉬다 보면 또 힘이 나지 않겠어?"

우민은 가슴이 울컥거리는 걸 느꼈다. 자신의 주변에는 온통 무언가를 원하는 사람밖에 없다.

그게 돈이든, 능력이든, 관심이든. 무언가를 원했고 주지 않으면 갈등이 시작된다.

하지만 이곳은 정반대다. 우민은 새삼 집으로 돌아오길 잘했다고 생각하며 오랜만에 긴 단잠에 빠져들었다.

*　　　　*　　　　*

관계로 인한 아픔도 시간 앞에서 덧없이 사그라졌다. 수업을 듣고, 끝나면 기숙사로 돌아와 글을 썼다.

글을 쓰는 대부분의 시간은 넷링크와 계약된 시즌 2 준비에 소모되었다.

그렇게 쓴 글을 아론 톰슨에게 메일로 보내고, 일주일에 한 번씩 만나 각본을 최종 결정했다.

"그러니까, 내 말은 그게 아니야. 네가 잘못 이해한 거라고!"

"그럴 리가… 너와 알고 지낸 지도 벌써 1년이 넘어가. 널 가장 잘 이해하고 있는 사람이 나인데 내가 널 오해했다고 말하는 거냐?"

"너는 항상 그랬어. 네가 보고 싶은 대로 날 봐왔지."

우민이 읽어 내려가던 각본을 내려놓았다.

"이게 마지막 대사입니다."

아론 톰슨도 들고 있던 극본을 내려놓았다. 이건 아론 톰슨 고유의 방법이었다.

우민이 써온 극본을 마치 극중의 인물인 양 대사를 읽어 내려간다. 그러다 어색한 부분이 있으면 이야기를 하고 대본을 수정하는 것이다.

"좋아. 이 정도로 마무리하면 될 것 같군."

아론 톰슨도 만족했는지 더 이상 별다른 코멘트를 하지 않았다. 이렇게 대본을 읽어 내려가는 작업을 하고 나면 진이 다 빠진다. 우민이 지친 기색으로 털썩 자리에 앉았다.

"내용은 마음에 드시는 겁니까?"

"들다마다. 회사에서는 어떻게 생각할지 모르겠지만 나는 너무 좋은걸?"

시즌 2의 핵심 줄거리는 간단했다. 엘리트 고등학교를 졸업한 주인공의 대학 생활.

여자라는 이유로, 동양인이라는 이유로 받게 되는 각종 차별을 이겨내며 성장하는 내용이었다.

"좋다니 이대로 진행합니다."

"그래, 꼭 주인공이 대통령에 당선되는 시즌까지 가보자."

그런 역경을 거쳐 미국 시민권을 딴 주인공은 결국 미합중국 대통령에 당선된다.

우민이 생각한 최종 엔딩이었고, 아론 톰슨 역시 거기에 동의했다.

시즌 2는 엔딩으로 가기 위한 다양한 밑밥들이 깔리는 중요한 기점에 있는 시즌이었다.

앉아 있던 우민이 걱정스럽게 물었다.

"그런데 소송 건은 정말 괜찮을까요?"

"자네도 알다시피, 인구당 변호사 비율이 가장 높은 나라인 미국에서 '고소'는 흔한 일이야."

얼마 전 요금 인상을 단행한 넷링크 측에 고소장이 도착했다.

〈사용자 요금 인상이 있을 수 있다는 통보를 받지 못했다. 이에 소비자 기만행위에 해당한다.〉

안정적인 인터넷 망 운용을 위해 넷링크는 통신사들에게 비용을 지불하고 망의 속도를 올렸다. 그렇게 발생한 비용을 요금 인상을 통해 메꾼 것이다.

그에 따른 반발이 '고소'라는 형태로 나타났다.

미국에서는 흔히 있는 일이었다.

"시즌 2의 역할이 더 중요해지겠군요?"

우민의 질문에 아론 톰슨이 고개를 끄덕였다.

"회사에서는 이 모든 위험 요소를 고려했지만, 결론은 드라마를 제작하는 쪽으로 기울었지. 그렇게 얻는 이익이 더 클 것이라 판단한 거야."

"……."

"그렇다고 너무 부담 갖지는 말게. 그럴수록 글이 안 나오는 법이니까."

"이 정도는 부담감이라 할 수도 없습니다. 그나저나 소송이라… 골치 아프게 됐군요."

"뭐, 인기를 얻어서 그만큼 돈을 벌어다 주면 되는 거 아니겠어? 자, 그럼 그만 쉬고 다음 편 대본을 검토해 보자."

우민이 다음 편 대본을 집어 들었다. 이제 시즌 2 제작이 시작되기 전까지 한 달 남았다.

그 전에 전체 에피소드를 완성하는 것이 목표였다.

*　　　*　　　*

레이먼드는 갈수록 떨어지는 대통령의 지지도에 속이 탔다. 보좌관이 가져온 문서에 적혀 있는 지지도가 믿기지 않는다는 듯 다시 물었다.

"35%?"

답을 구하려 물은 게 아니라는 것 정도는 보좌관도 알고 있었다.

"역대 대통령들 중 최악이잖아."

"……."

언론도, 시민들도 이미 자신들의 편이 아니었다. 어떻게 해야 이 난국을 타개할 수 있을까.

더구나 대통령을 조롱하고, 정부를 비판하는 내용의 방송들이 연일 쏟아져 나오는 중이었다.

도저히 돌파구가 보이질 않았다.

"통신사를 움직여 망 속도를 줄이는 방법도 전혀 통하질 않았네. 이제 이렇게 손 놓고 있는 방법밖에 없는 건가?"

레이먼드의 질책에 보좌관이 더욱 허리를 숙였다. 그렇다고 함부로 직접적인 개입을 할 수도 없었다.

표현의 자유가 무엇보다 우선시되는 나라.

자칫 잘못하면 씻을 수 없는 상처를 입을 수도 있다.

"지난번 말씀드린 대로… 아드님께 기대를 한번 걸어보심이 어떨까 합니다."

"책을 출판하자?"

"현 정권을 옹호하는 내용이 깔려 있는 소설을 출판하는 겁니다. 인기를 끌게 되면 드라마로 제작까지. 성경에도 나와 있지 않습니까. '이에는 이, 눈에는 눈'."

"인기를 끌면야 다행이지. 그저 소리 소문 없이 파묻히면 어찌할 건가?"

"잉크 출판사 사장이 호시탐탐 노리고 있는 것이 의원님 자서전입니다. 그걸 빌미로 마케팅에 힘써달라고 하면, 일단 출발선이 달라집니다."

"글에 관심이 있기는 한 녀석이지만 과연 그 정도의 능력이 있는지… 의문이야."

보좌관의 목소리가 한층 잦아들었다. 숫제 속삭이듯 중얼거렸다.

"책에 쓰인 저자가 중요한 것이지 꼭 누가 썼는지가 중요한 게 아니지 않겠습니까?"

갈등에 휩싸여 있던 레이먼드가 두 눈을 감았다. 지지율이라는 것은 곧 국정 운영의 동력.

동력을 잃어버린 배는 멈춰 설 수밖에 없다. 이제 출발한 지 1년도 채 되지 않았는데 멈출 수는 없는 일.

다시 눈을 뜬 레이먼드가 알았다며 고개를 끄덕였다.

*　　　*　　　*

학교 측의 요청으로 매달 교실에서 강의를 하고 있는 우민이 두 눈을 동그랗게 떴다.

'대니얼 밀러?'

자신과는 견원지간이라 해도 손색이 없는 관계였다. 그런데 자신이 하고 있는 과외 강의에 참가한다?

'도대체 왜?'

무슨 꿍꿍이가 있다는 생각밖에 들지 않았다. 자리에 앉던 대니얼도 민망했는지 슬쩍 눈을 피했다.

그 모습에 우민은 자신도 모르게 실소를 흘렸다.

'그래도 좋은 대학에는 가고 싶은가 보지?'

학교 측에서 우민에게 글쓰기 강의를 부탁하는 이유는 글쓰기에 관심 있는 학생들에 대한 배려도 있지만 더욱 중요한 이유가 있었다.

대학.

대학에 가기 위해서는 에세이가 필수다. 수준 높은 에세이를 쓸수록 좋은 대학에 가기 쉬워진다.

소위 말하는 '아이비리그'에 몇 명을 보냈는지가 미국 고등학교의 순위를 가르는 척도가 된다.

많은 고등학교들이 좋은 대학에 학생을 보내기 위해 노력한다. 가는 방법은 다를지언정 목표는 한국과 크게 다르지 않았다.

바로 그 점 때문에 우민에게 글쓰기 강의를 부탁하는 것이었다.

'원하는 대로 줄 수야 없지.'

아직 쌓여 있는 앙금이 전부 해소되지 않았다. 짓궂은 미소를 지은 우민이 칠판에 오늘의 강의 주제를 적었다.

각본.

"제가 '아론 톰슨'이라는 극작가와 함께 드라마 극본을 쓰고 있다는 사실을 아마 아시는 분은 아실 겁니다."

우민이 설명을 이어나갔다.

"시즌 1이 성황리에 방영되었고, 곧 시즌 2 방송을 준비하고 있죠. 많은 시청 바랍니다."

우민의 농담에 몇몇 학생들이 웃어 보였다.

"그럼 이 '각본'이란 걸 쓰는 데 가장 중요한 게 무엇이냐?"

말을 마친 우민이 대니얼을 불렀다.

"대니얼 밀러, 앞으로 나와주세요."

어리둥절했지만 지켜보는 시선 때문인지 순순히 앞으로 걸어 나왔다.

우민이 그에게 종이 한 장을 내밀었다.

"거기에 적힌 대사를 한번 실감나게 읽어보세요."

난감한 표정을 짓고 있는 대니얼을 우민이 재촉했다.

"장난하는 거 아니니까. 어서요."

머뭇거리던 대니얼이 결심한 듯 대사를 읽어나갔다.

"젠장, 나는 왜 이렇게 멍청한 거지?"

물끄러미 대니얼을 보던 우민이 말했다.

"다시."

"뭐?"

"감정을 담아서 다시 말해보라고요. 정말 내가 멍청한 걸 후회하듯이."

대니얼의 귀가 차츰 붉게 달아올랐다.

"믿지 못하나 본데, 아론 톰슨이 말하길 각본에서 가장 중요한 건 '대사'라고 했습니다. 그리고 잘 쓰인 '대사'를 구분하는 방법은 이렇게 배우처럼 연기를 하며 읽는 것이고요."

조용히 있던 대니얼이 다시 대사를 읽어나갔다.

"젠장! 나는 왜… 이렇게 멍청한 거지?"

피식.

웃음을 터뜨린 우민이 말했다.

"하하, 그걸 이제야 알았나? 머리는 장식품인가 보군."

발끈한 대니얼이 우민을 바라보았다. 우민이 황급히 종이를 가리키며 말했다.

"다음 대사잖아요."

우민이 몸을 돌려 정면을 바라보았다.

"자, 이렇게 하는 겁니다. 둘씩 짝지어서 실습을 한번 해보죠."

여전히 놀림을 받았다고 생각하는지 씩씩거리는 대니얼의 숨소리는 거칠기만 했다.

*　　　　*　　　　*

에세이.

미국에서 대학에 입학하기 위해 꼭 필요한 요건 중 하나로 개인이 얼마나 자신의 삶에 충실하게 살아왔는지 보여줄 수 있는 중요한 수단이었다.

그 수단을 잘 사용하면 대학 입학에서 가점을 얻을 수 있다. 우민이 과외로 가르치는 글쓰기 수업에서는 에세이에서 가점을 얻을 수 있는 방법을 알려주었다.

이미 학교에서는 소문이 자자했다.

글쓰기 수업을 듣고 에세이를 써서 제출했더니, 명문대에 합격했다더라.

물론 SAT나 기타 학교 밖 활동들에서 특출한 능력을 보였기 때문일 수도 있다.

그러나 배워서 손해 볼 것도 없다. 더구나 아버지의 말대로 소설을 써서 책으로 출판해 인기를 얻는다면 대학 입학 시 상당한 이점을 얻을 수 있다.

대니얼은 굴욕적이었지만 참고 수업을 끝마쳤다.

"젠장, 날 놀리기 위해서 장난친 게 분명한데……."

분을 참을 수 없는지 기숙사로 돌아가는 와중에도 씩씩거리며 거친 숨을 들이쉬었다.

태어나 가장 먼저 배운 것이 고개를 빳빳하게 세우는 법이다. 친근하고, 가깝다고 느끼게 만들면 안 된다. 두려워하고, 경외하게 만들어야 한다.

자신의 아버지 레이먼드가 항상 강조했던 점이다. 그런데 오늘 놀림거리가 되어버렸다.

"내일도 이 수업을 받아야 한다니."

처참한 기분이었지만 듣지 않을 수가 없다. 아버지는 배울 점이 있으니 일단 수업을 들으라고 강조했다.

"확실하게 배워서 소설을 써라."

"그걸로 명문대를 입학하고, 떨어진 지지율도 올릴 수 있도록 만들어라."

"네게 내리는 첫 번째 과제다."

실패하더라도 아무런 잠재력마저 보여주지 못한다면 거기서 지원은 끝이다.

호랑이에게 양의 새끼는 필요 없다.

"젠장, 젠장!"

대니얼이 문짝이 부서져라 사물함 문을 닫았다. 험악한 분위기 때문인지 그에게 말을 거는 친구는 한 명도 없었다.

*　　　*　　　*

기숙사 방으로 돌아온 대니얼은 바로 책상 앞에 앉았다.

글.

특히나 단편도 아닌 장편 소설을 쓴다는 것은 쉬운 일이 아니다. 자신이 쓴 단편 소설을 엠마 선생님께 몇 번 검토를 부탁드린 적이 있었지만 그때마다 돌아온 건.

"네게 글쓰기 재능 같은 건 없다. 너야 공부를 잘하니까. 명문대를 가서 다른 일을 찾아보도록 해."

언제나 답은 한결같았다. 그때마다 좋아하는 일과 잘할 수 있는 일은 다르다는 사실을 깨달았다.

"이번에도 성과가 없다면… 포기하자."

앞으로 정치를 하면서도 틈틈이 글을 쓸 생각이었다. 대니얼은 그 '틈틈이'라는 시간마저 포기하기로 다짐했다.

그러나 시작부터 난관에 부닥쳤다. 이미 아버지 레이먼드에게 소설의 얼개는 얼추 넘겨받았다.

제목을 적어놓고 이야기를 시작하려 했으나 머릿속이 묵직한 게 마치 커다란 바위 하나가 내려앉은 것처럼 아무런 생각이 나질 않았다.

"휴우……."

확실히 취미로 가끔 쓰던 단편 소설과 목적 의식을 가지고 직업처럼 써 내려가는 글은 달랐다.

"울분의 반대말인 희열로 할까? 아니면… 위대한 나라? 흠……."

대니얼이 모니터 위에 몇 가지 제목을 썼다 지웠다 반복했다. 제목도 쓰지 못했는데 벌써 시간이 새벽 한 시를 가리키고 있었다.

"이런 걸 어떻게 그딴 녀석은 그리 쉽게 써 내려갈 수 있는 거지."

엠마가 말했던 재능의 차이가 어떤 의미인지 알 것 같았다. 일 년에 몇 권의 책을 내면서 드라마 작업까지 같이하고 있다.

글쓰기에서는 흡사 괴물과도 같은 능력.

아직 제목조차 쓰지 못한 자신이 초라하기 그지없었다. 이대로라면 아버지가 정한 기한을 맞추기 힘들었다.

뭔가 돌파구가 필요하다.

*　　　　*　　　　*

점심을 먹던 대니얼의 눈이 이채를 발했다.

'맞다. 저 친구가 있었지.'

대니얼의 시선이 향한 곳에는 쿠에시가 앉아 친구들과 밥을 먹고 있었다.

쿠에시 아난.

과거 우민의 절친이었지만 모종의 이유로 이제는 멀어진 사이. 특히나 '아프리카 아이들'의 공동 저자라는 점이 마음에 들었다.

그만큼 실력이 있다는 뜻 아니겠는가?

저 아이를 섭외해서 공동 저자의 형식으로 책을 낸다면 충분히 아버지가 낸 과제를 해결할 수 있을 것 같았다.

문제를 해결하는 것이 중요한 것이지 과정은 아무런 상관이 없다.

기회를 보던 대니얼이 자리에서 일어난 쿠에시를 따라갔다.

"쿠에시, 잠깐 할 말이 있는데… 이야기 좀 할 수 있을까?"

식판을 내려놓고 식당을 나서던 쿠에시가 익숙한 목소리에 고개를 돌렸다.

깜짝 놀란 표정.

예상치도 못한 인물이 자신을 부르고 있었다.

"저는 왜……?"

"상의할 게 있어서."

말을 마친 대니얼은 당연히 자신을 따라올 것이라 생각하고 성큼성큼 발걸음을 옮겼다.

쿠에시가 당연하다는 듯 그의 뒤를 따랐다.

벤치에 앉아 대니얼의 말을 듣던 쿠에시의 눈이 더할 나위 없이 커졌다.

"공동 저자로 글을 쓰고 싶다는 말입니까?"

"대략적인 줄거리는 이미 나왔어. 나와 상의를 해가면서 내용을 채워주면 돼."

놀라움을 감추지 못하던 쿠에시가 머리를 긁적였다.

"소설이라면 저보다 우민이 잘 쓸 텐데… 왜 저에게……."

"그 자식은 건방……."

말을 하던 대니얼이 황급히 입을 다물고는 '쩝' 하고 입맛을 다셨다. 그리고 다시 말을 이었다.

"그 친구가 하는 수업을 들어보니 나와는 스타일이 맞지 않아. 더구나 내가 생각하고 있는 소설을 쓸 시간이 없을 테니 부탁할 생각조차 하지 못했지. 너도 알다시피… 그 친구와 내 사이가 그리 좋진 않잖아?"

쿠에시도 수긍이 가는지 고개를 끄덕였다. 하긴 우민과 사이가 좋을 리가 없다.

그런데도 우민이 진행하는 과외 수업까지 들을 정도였으니 대니얼이 가지고 있는 글에 대한 열정이 어느 정도인지 알 것 같았다.

"말씀하신 대로 마케팅이나 책에 대한 판매 수익은 틀림없는 거겠죠?"

"당연하지. 너도 알다시피 아버지가 정치인이다. 어디 가서 거짓말할 수도 없어. 물론 돈독한 신뢰를 위해서 계약서도 작성할 거야."

"최소한 뉴욕 타임스 신문사, 각종 유명 SNS 노출, 그리고 서점에서 메이저 위치 선점 정도는 약속해 주셔야 합니다."

어떤 내용인지 몰라도 쿠에시는 자신 있었다. 비록 우민의 습작을 훔치기는 했지만 베스트셀러 15위까지 올라간 건 결국 자신의 힘이었다.

습작은 습작일 뿐, 완성품이 아니다.

원석을 갈고닦아 다이아몬드로 만들어 판매한 건 자신이란 말이다.

시간이 지날수록 쿠에시의 그런 생각은 강해져만 갔다. 그런 실력에 대한 자신감이 밑바탕에 있었기에 마케팅만 받쳐준다면 또 다른 베스트셀러를 내는 건 일도 아니라 생각했다.

"물론, 그런 요구 조건들은 계약서에 빠짐없이 넣어줄 거야. 너도 알다시피 내 아버지가 유력 정치인이다. 거짓말을 해서 잃을 게 많은 건 나야."

대니얼이 차츰 말소리를 줄여 나갔다.

"대신, 한 가지 꼭 지켜줘야 할 게 있어. 표현하는 방식은 네 마음대로 해도 되지만, 전체적인 줄거리만은 꼭 지켜줘야 해. 그렇게만 해주면 바로 계약금 10만 달러가 입금될 거야."

바로 입금된다는 계약금 액수 때문이라도 이번 기회를 놓칠 수 없었다.

가족들을 먹여 살리기 위해서는 돈이 필요하다.

"알겠습니다."

쿠에시는 고민할 것도 없다는 듯 동의했다.

* * *

계약서를 작성한 후 대니얼이 간략하게 줄거리를 설명했다. 끝까지 듣고 난 쿠에시가 입을 열었다.

"그러니까, 너무 많은 미디어나 언론, 책들에서 현 정부를 비판하기 바쁘니 오히려 그 반대의 내용을 글로 써보고 싶다는 말씀이잖아요."

"맞아. 그렇게 하면 오히려 사람들에게 새롭게 느껴지지 않을까?"

눈 가리고 아웅 하는 식의 질문에 쿠에시가 실소를 흘렸다.

"아버지가 현역 공화당 의원이라는 사실은 저도 알고 있어요."

"그거야 부정할 수 없는 사실이지만 꼭 그렇기 때문만은 아니야. 너도 생각해 봐. 어떻게 현 대통령이 탄생했지? 더 많은 사람들의 지지를 받았기 때문이야. 그런 지지자들은 이런 내용의 글을 보고 싶어 하지 않을까?"

얼핏 귀가 솔깃한 말이었다.

"이른바 샤이 지지층, 그 사람들에게 꽤나 어필할 수 있을 거다."

대니얼이 설명을 이어나갈수록 그리 나쁘지만은 않다는 생각이 들었다. 쿠에시는 자신도 모르게 고개를 끄덕이고 있었다.

"그러면 제목은 이렇게 하죠. 디트로이트."

제목을 말한 쿠에시가 자신이 생각하고 있는 이야기의 얼개를 설명해 나갔다.

“배경은 몰락한 제조업의 도시 디트로이트입니다. 그곳에서 자고 나란 주인공은 자신이 사랑하는 도시를 키우기 위해 부단히 노력합니다. 그곳이 시장이 되어서 말이죠.”

시장이 된다는 말에 대니얼도 깨닫는 바가 있는지 생각에 잠겼다. 쿠에시의 의도는 느껴졌다.

몰락한 도시 디트로이트. 그곳을 재건하는 내용은 곧 현 대통령이 추진하는 정책들과도 대동소이했다.

나쁘지 않을 것 같았다.

“괜찮을 것 같아. 그러면 혹시 초안을 한 달 안에 가져올 수 있을까? 최종 완성까지는 네 달. 그러면 추가로 보너스를 주지. 어때?”

네 달.

아버지가 주신 시간은 다섯 달이다. 절대적인 시간으로 본다면 입에 담을 수도 없을 만큼 짧은 시간이다.

대니얼은 중간에서 그 시간을 또 줄였다.

“좋습니다. 어려울 것 없죠.”

“너만 믿고 있을게.”

짧게 어깨를 두드린 대니얼이 자리를 떴다. 최종 완성까지 네 달이라면 그리 길지 않은 시간.

일분일초를 아껴 써야 한다.

쿠에시는 바로 자리에 앉아 작업을 시작했다.

*　　　　*　　　　*

대니얼이 보내온 원고를 읽어본 레이먼드가 흡족함을 감추지 못했다.

"한 달 만에 이런 결과물을 가져오다니, 내 아들이지만 참 대단하지 않은가?"

소설의 초안을 읽어본 보좌관도 혀를 내두르게 만들 만큼의 능력이었다.

소설에 담긴 메시지, 독자에게 주는 재미, 어느 것 하나 놓친 것이 없었다.

자신들이 담고자 했던 내용이 소설에 그대로 담겨 있었다.

"특히나 제목이 마음에 들어. 디트로이트. 몰락의 도시. 느낌이 팍 와."

"드라마로 만들어지는 것까지 고려된 것 같습니다. 아니면 다큐멘터리라든가."

"초안대로만 진행되면 기대해도 좋겠어. 완성되면 바로 영화화하자고 해봐야 하나?"

"단기간에 이목을 집중시키는 데 영화보다 좋은 건 없다고 생각합니다."

레이먼드는 기분이 좋은지 연신 웃음을 감추지 못했다.

"디트로이트, 몰락의 도시 디트로이트. 해외로 이전된 공장을 미국 본토로 불러들이고, 산업의 근간이 되는 제조업의 부활이야말로 미국이 재도약하는 발판이지."

"맞습니다."

"계약서대로 진행시켜. 요청한 계약금도 바로 결제해 주고. 이것 참 앞으로가 기대되는구먼."

부모의 입장에서 성장한 자식의 모습을 보는 것보다 기쁜 일이 어디 있으랴.

레이먼드는 미소를 감추지 못하며 대니얼이 보내온 초안을 읽고 또 읽었다.

* * *

오프라인 서점은 거의 도배 수준의 마케팅을 자랑했다. 각종 미디어에서도 '디트로이트'라는 책 제목이 쉬지 않고 흘러나왔다.

대본 마무리 작업을 하던 카타리나가 베스트셀러 순위를 확인하곤 우민에게 물었다.

"순위 봤어? 지금 7위야. 'Indignation'은 예전에 제쳤네."

"잘됐네. 그 정도 인기면 가족들이랑 행복하게 살겠다."

"너희… 정말 16살 맞냐? 어떻게 책을 내는 족족 베스트셀러에 들 수가 있어."

"맞아. 내년이면 17살, 3년 뒤면 대학에 입학해야지. 아이비리그 대학에 가려면 이렇게 떠들 시간 없이 대본에 집중해야 한다는 사실도 아주 잘 알고 있는 나이랄까?"

우민의 말에 카타리나의 안색이 하얗게 질렸다.

"벌써부터 대학 걱정을 해야 하다니… 아까운 내 청춘이여!"

잠시 연기 톤으로 혼잣말을 중얼거리던 카타리나가 은근슬쩍 물었다.

"너는 어디로 갈 생각이야?"

"나?"

"그래, 너. 너 정도 실력이면 어디서든 받아줄 것 같은데… 생각해 둔 곳 없어?"

"흠… 어디로 가는 게 좋을까……."

우민이 잠시 생각에 잠겼다.

소위 명문대를 가고 싶다는 막연한 생각은 했었지만 특정 대학을 정하지는 않았다.

"하버드? MIT? 아니면 글쓰기로 유명한 에모리? 아니면 미스터 테일러가 있는 존스 홉킨스? 그것도 아니면… 옥스퍼드나 캠프리지 같은 영국 쪽도 있어."

카타리나의 이름에서 유명 대학의 이름이 줄줄이 흘러나왔다. 하지만 딱히 마음에 끌리는 이름이 없었다.

굳이 가야겠다는 생각도 들지 않았다. 그 시간에 차라리 세계를 다니며 다양한 문화와 인간들을 경험하는 것이 더 좋겠다는 생각마저 들었다.

"어디가 좋을까……."

"어서 빨리 정해. 그래야 나도 방향을 정하니까."

"…뭐?"

"바늘 가는 데 실 가는 거야. 당연한 일 아니겠어?"

우민이 어이없다는 눈빛으로 카타리나를 바라보았다.

"너 그런 말은 어디서 배웠냐? 그리고 누가 바늘이고 누가 실이야."

갑자기 카타리나가 몸을 배배 꼬았다. 부끄러운 듯 얼굴에 약한 홍조까지 띠었다.

그러고는 어깨로 우민의 몸을 툭 치며 말했다.

"당연히 네가 실이고 내가 바늘이지. 알면서~"

"……."

"올해 안으로 정해서 알려줘. 나도 준비할 시간이 필요하니까."

당당한 그녀의 요구에 우민은 아무 말도 할 수 없었다. 어째 유민아와의 관계가 정리되고 난 다음부터는 한층 노골적으로 표현하는 것 같아 부담스러운 면도 있었다.

우민은 카타리나가 포기했으면 하는 생각에 자신이 알고 있는 가장 좋은 대학의 이름을 툭 하고 내뱉었다.

"하버드. 왠지 하버드가 끌리네."

"헤헤, 그럴 줄 알았지. 우리 아빠도 하버드 의대 출신인데 거기 괜찮대."

"…그, 그래?"

카타리나의 눈빛이 몽롱하게 젖어들더니 두 손을 맞잡고는 기도하는 자세를 취하며 말했다.

"하버드 커플이라니 생각만 해도 낭만적이다……."

갑자기 닥쳐오는 오한에 우민이 황급히 자리에서 일어났다. 카타리나는 공상 속에서 빠져나오지 않았는지 한동안 자리에서 일어나질 않았다.

*　　　　*　　　　*

블레이크 필립, 잉크 출판사 사장이 화려한 장신구에 몸매가 드러나는 드레스를 입은 금발의 여성을 한쪽 손에 낀 채 호탕하게 웃어 보였다.

"하하, 내가 한눈에 우리 작가님 대성공을 할 줄 알았다니까."

이제는 소심증을 완전히 극복한 쿠에시가 당당하게 답했다.

"사장님이 많이 도와주신 덕분입니다."

인기가 높아질수록, 책의 판매량이 늘어날수록 쿠에시는 당당해져 갔다.

"하하, 아니야. 여기 대니얼 군 덕분이지."

동석해 있던 대니얼 밀러도 활짝 웃으며 말했다.

"모두가 노력한 덕분입니다."

대니얼이 겸손하게 답했다. 블레이크가 웃을 때마다 금빛 어금니가 조명에 반짝거렸다.

"아버님은 잘 계신가? 이렇게 인연을 맺었으니 앞으로도 잘 부탁한다고 전해주게."

"저희 아버지도 앞으로 잘 부탁드린다는 말씀 꼭 전하라고 하셨습니다."

한층 기분이 좋아졌는지 블레이크가 단숨에 들고 있던 잔에 담긴 샴페인을 꿀꺽 삼켜 버렸다.

"곧 베스트셀러 1위도 무난할 듯싶어. 하하, 쿠에시 자네가 낸 책 덕분에 요즘 회사 분위기가 아주 좋아."

블레이크가 살짝 윙크했다. '애쉬'라는 필명으로 성인 소설을 출판한 건 출판사에서도 소수의 관계자들만 아는 사실.

블레이크가 윙크한 건 그 때문이었다.

"편집자분들이 노력해 주신 덕분입니다."

쿠에시가 살짝 고개를 숙이며 말했다. 대니얼은 기분이 좋은지 멈추지 않고 샴페인을 홀짝였다.

일반 술집이었다면 있을 수 없는 일이겠지만 이곳은 일반인들의 출입이 금지된 블레이크의 개인 별장.

경찰들이 찾아올 일은 없었다.

"맘껏 놀고 즐기다 가게나. 작품이란 건 그래야 탄생하는 거 아니겠나?"

쿠에시는 살짝 고개를 숙이는 걸로 대답을 대신했고, 대니얼은 어느새 한 잔을 다 비우고는 다음 잔을 마시고 있었다.

*　　　　*　　　　*

살짝 풀린 눈이 대니얼의 상태를 말해주고 있었다.

만취.

대니얼은 그럼에도 술잔에서 손을 놓지 않았다. 대니얼이 눈을 끔벅이며 고개를 숙인 채 혼잣말로 중얼거렸다.

"쉬벌, 감히 나한테 고개를 빳빳이 치켜들고, 뭐? 학생회장 자격이 없어?"

"……."

"쿠에시!"

명령조의 어투에 쿠에시가 인상을 찡그렸다.

"…네?"

"디트로이트가 성공한 게 다 누구 덕분이야?"

쿠에시가 움찔거리며 대답을 꺼렸다. 입을 웅얼거리며 작게 말했다.

"…당연히 내 덕분이지."

술에 취한 대니얼은 듣지 못한 듯 대답을 재촉했다.

"이렇게 성공한 게 다 누구 때문이냐고, 어서 대답 못 해?"

원하는 답을 말하지 않으면 한바탕 소동이 벌어질 것 같았다. 쿠에시는 정답을 말했다.

"대니얼 밀러, 당신 덕분입니다."

"하하하하, 그래. 바로 내 덕분이야. 내가 바로 대니얼 밀러야. 소설의 줄거리를 만들고, 마케팅 계획을 세우고! 다 내 덕분이란 말이지."

"…그렇군요."

"이야기에 살을 채우는 건 누구나 할 수 있어. 알아들었어? 네가 아니더라도 다른 작가에게 부탁해서 성공할 수 있었다는 말이야."

들을수록 화가 나는 말에 쿠에시가 불끈 주먹을 말아 쥐었다. 입술을 꽉 깨물고, 지금의 치욕을 겨우 참아내는 중이었다.

"앞으로 내 말 잘 들으란 말이야. 그러면 돼. 그 개자식이랑 붙어서 나 엿 먹일 생각하지 말고."

쿠에시는 '개자식'이 지칭하는 사람이 누군지 단숨에 알아들었다. 성공을 위해 손을 잡았지만 대니얼의 술주정을 더 이상 들어줄 수가 없었다.

"알겠습니다. 많이 취하신 것 같은데 저는 먼저 가보겠습니다."

"가긴 어딜 가. 마셔. 오늘 아주 죽도록 취해보자!"

대니얼의 말을 무시한 쿠에시가 몸을 돌렸다. 술에 취한 대니얼이 자리에서 일어나 허우적거리며 쿠에시를 잡으려 했지만 파티에 고용된 경호원의 제지에 아무것도 할 수 없었다.

아직 16살.

직접 운전대를 잡을 수 없었다. 우버를 사용해 집으로 돌아온 쿠에시를 어머니가 반겼다.

"쿠에시! 어서 들어오거라."

아프리카에 살 때와는 다르게 살이 오른 모습이 보기 좋았다.

"다녀왔습니다."

"그래, 파티는 재밌게 즐겼니? 오늘 TV에도 네가 쓴 책 이야기가 나오더라. 동생들이 형 언제 오냐고, 하루 종일 너만 찾더라."

동생들 이야기에 굳어 있던 쿠에시의 얼굴 근육이 활짝 펴졌다.

"하하, 그랬어요?"

거실로 들어서자 TV를 보고 있는 누나가 보였다. 2층에서 우당탕거리며 동생들이 뛰어 내려오는 소리가 들렸다.

"형!"

"오빠!"

힘차게 달려온 동생들이 쿠에시에게 달려들었다. 빼빼 말랐던 몸에 오동통하게 살이 올랐다.

그 모습을 보자 오늘 있었던 일들이 기억 속에서 사라지며 정신적인 피로감이 사르륵 녹아내리는 듯했다.

"엄마 말씀 잘 듣고 있었어?"

"당연하지!"

TV를 보던 누나도 한편에 서서 쿠에시를 보고 있었다.

"쿠에시, 수고했다. 밥은 먹었니?"

온 가족이 쿠에시를 둘러싼 채 안부를 묻고, 그를 걱정했다. 쿠에시가 괜찮다며 잘 있었다고 해도 궁금한 게 많은지 그의 옆에서 떠나가질 않았다.

그런 모습을 쿠에시의 어머니가 뒤에서 흐뭇하게 바라보았다.

'그래, 그냥 아무 생각하지 말고 열심히 하자.'

아직 돈 들어갈 데가 많았다. 영어가 익숙지 않은 가족들이기에 별도의 영어 수업을 들어야 했고, 누나를 대학에도 보내고 싶었다.

미국 대학 등록금은 이미 자신이 잘 알고 있다. 동생들까지 대학에 보내려면 열심히 벌어야 한다.

* * *

서점으로 검은색 선글라스에 무전기 이어폰을 장착한 수십 명의 경호원들이 들어섰다.

대니얼이 긴장된 표정으로 자리에 앉아 있었다. 긴장을 풀어주기 위해서인지 레이먼드가 말했다.

"그렇게 너무 긴장 안 해도 된다. 대통령도 사람이다."

대니얼은 꿀꺽 마른침을 삼켰다. 불안한 기색을 애써 감추려 눈에 힘을 주며 말했다.

"네. 알겠습니다."

그렇게 채 몇 분의 시간이 흐르지도 않아 서점 안으로 미합중국 대통령이 들어섰다. 여유로운 미소로 사람들에게 눈인사를 하며 지정된 자리로 이동했다.

이내 서점에 찾은 이유가 연설문의 형태로 스피커를 타고 흘러나왔다.

—4차 산업의 힘은 곧 지식, 지식의 보고가 바로 이곳 서점입니다.

—저도 어린 시절 서점에서 살다시피 하며 많은 책을 읽었습니다.

책의 중요성에 대한 이야기가 슬슬 끝나고, 이곳에 온 진정한 목적이 시작되었다.

—제가 근래에 발견한 건 바로 이 책입니다.

손에 '디트로이트'가 들려 있었다.

—제가 생각하고 있는 내용이 그대로 담겨 있었습니다. 몰락의 도시 '디트로이트'의 부활. 그게 곧 미국의 부활입니다.

대통령의 말에 카메라 플래시가 쉴 새 없이 터졌다. 눈부실 정도의 플래시 세례에 쿠에시가 살짝 눈을 감았다.

그사이 사회자의 안내에 따라 대니얼이 자리에서 일어났다. 더할 나위 없이 환한 미소를 지으며 앞으로 걸어나갔다. 대통령께 먼저 인사를 하고 카메라를 향해 준비된 멘트를 시작했다.

TV를 보던 쿠에시가 종료 버튼을 눌렀다. 더 이상 보고 있기가 힘들었다.

"…그게 이런 의미였나."

대니얼이 때때로 자신을 향해 비릿한 미소를 지어 보일 때가 있었다. 그럴 때마다 온몸에 소름이 돋아 몸서리가 쳐졌다.

그러면서 꼭 덧붙이는 한마디가 있었다.

"돈 벌게 해줄 테니까. 그냥 시키는 대로만 해."

지금도 책은 베스트셀러 상위권에서 존재감을 발휘하고 있었다. 그러나 오늘의 뉴스가 나가고 나면 단숨에 1위가 될 것 같았다. 비록 뉴스에 자신에 대한 내용은 없었지만, 그래도 책은 날개 돋친 듯 팔려 나갈 것이다.

멀리 갈 것도 없이 당장 SNS에 접속해 보니 대통령이 소개한 책 '디트로이트'로 도배되다시피 했다.

책은 팔려 나갈지 모르지만 자신의 마음속 한구석은 본인도 모를 만큼 아주 미세하게 균열이 생기고 있었다.

*　　　　*　　　　*

파급력은 확실했다.

방송이 나가자마자 '디트로이트'는 단숨에 베스트셀러 순위 1위를 차지했다.

주요 언론, 미디어들에서 책의 내용을 소개하며 자연스럽게 대중들에게 다가갔다.

카타리나가 옆에서 계속 조잘거리는 통에 우민도 모를 수가 없을 정도로 떠들썩했다.

"드라마나 영화로 제작하자는 말까지 나오고 있는 모양이야. 진짜 대박이다, 그렇지?"

"대니얼에게 글 쓰는 재주가 있을지는 몰랐는데 의외야."

"그건 나도 그렇게 생각해. 단편 조금 끼적이는 수준인 줄 알았는데… 미스 테일러도 평범한 수준이라고 했거든."

"보나마나 쿠에시가 도와줬겠지."

쿠에시가 쓴 거라 단정한 우민은 살짝 미간을 찌푸렸다. '디트로이트'의 내용이 생각났기 때문이다.

소설은 쿠에시가 쓴 것이라 믿기 힘들 정도로 백인 찬양 일색이었다.

줄거리는 자동차 생산직에 근무하던 주인공이 해고를 당한 후 능력 있는 백인 조력자들과 함께 '디트로이트'에서 창업을 하고 성공하는 이야기였다.

그 속에서 다른 인종들은 대부분 악동으로 묘사된다. 흑인은 동료였지만 자신의 이익을 위해 주인공을 배신하고, 동양인은 사기를 친다.

쿠에시가 쓸 만한 내용이 아니었다. 카타리나가 동의하며 고개를 끄덕였다.

"하긴, 내용이… 영 아니더라."

창가에 서서 밖을 보던 우민이 답답하다는 듯 중얼거렸다.

"그나저나 저 시위대들은 도대체 언제까지 저러는 거야."

"아마 드라마 끝나기 전에는 안 멈출 것 같은데?"

카타리나도 걱정스러운 눈으로 바깥을 바라보았다. 첫 방송을 앞두고 시위대는 더 불어나 있었다.

미국을 다시 하얗게!

WHITE POWER!

Unite the Right!

백인은 우월하다.

등등의 피켓을 든 시위대가 고성을 질러댔다. 그 와중에 유독 눈길을 끄는 남성이 보였다.

하늘 위로 곧추세운 검은색 물체가 희미하지만 선명하게 시야에 들어왔다.

우민은 설마 하는 심정으로 카타리나에게 물었다.

"카타리나, 저기 보여? 저거 총 아냐?"

각본 수정을 마치고 휴식 시간.

창밖을 보며 쉬고 있던 우민에게는 충격적인 장면이었다. 깜짝 놀란 우민이 할 말도 잊고 멍하니 그 모습을 바라보았다.

"하여간 저런 미친놈들 때문에라도 총기를 금지했어야 해."

"시, 시위대가 저렇게 총기를 들고 나와도 되는 거야?"

"뭐, 소지는 가능한데 당연히 공공장소에는 들고 나오면 안 되지. 저기 경찰 오네."

카타리나의 말대로 총기를 든 남자에게 경찰이 다가가는 모습이 보였다.

몇 차례 실랑이를 하더니 총을 든 남자가 뒤로 물러났다. 그것만으로도 우민에게는 가히 충격적인 모습이었다.

"총… 이라니."

카타리나가 위로하듯 말했다.

"아마 실탄은 없었을 거야. 있었으면 정말 큰일 났을 테니까."

하지만 우민에게는 전혀 위로가 되지 않았다.

총이라니.

총기 소지가 자유롭다는 게 어떤 뜻인지 피부로 와닿는 순간이었다.

*　　　*　　　*

운전을 하던 손석민이 콧노래를 흥얼거렸다. 조수석에는 시장에서 사온 과일, 고기 등이 비닐봉투에 담겨 있었다.

"오늘 저녁은 포식하겠어."

요즘은 살면서 이렇게 행복했던 적이 있었나 싶을 정도였다.

책은 베스트셀러에서 내려올 줄을 몰랐고, 드라마는 시즌 2 첫 방송을 앞두고 있었다.

우민의 수입이 늘어날수록 에이전트인 손석민의 수익 역시 천정부지로 치솟았다.

모두 우민 덕분이다.

더구나 우민의 어머니인 박은영, 그녀를 그저 보는 것만으로도 기분이 좋았다.

"오늘 저녁은 무슨 요리를 해주시려나."

이렇게 가끔 집으로 초대를 받아 저녁을 함께 먹는 것으로도 충분했다.

소속 작가의 어머니라는 생각에 언감생심 딴마음은 품지 않으려 했다.

차는 막 코너를 돌아 우민의 집이자, 어머니 박은영이 사는 주택 근처에 다다랐다.

"어?"

어둠 속, 희미한 전등 빛 아래 차고 쪽에 누군가 서 있는 모습이 보였다.

혼자가 아니라 셋.

박은영으로는 보이지 않았다. 손석민이 차를 돌려 서서히 주택의 차고 쪽으로 다가갔다.

헤드라이트 불빛이 비추자 희미하던 인영의 모습이 한층 또렷하게 보였다.

검은색 복면.

손에는 스프레이가 들려 있었다. 심장이 멎을 듯한 두려움에 잠시 멍하니 그들을 지켜보고 있자니, 상대도 놀란 듯 서둘러 도망쳤다.

손석민이 재빨리 전화기를 들어 911을 누르려 했지만 이미 차를 타고 도망간 뒤였다.

Go away!

빨간색 스프레이로 차고 문에 적혀 있는 단어였다. 황급히 집 안으로 들어가 보니 박은영이 두려움에 벌벌 떨며 안방 침대 구석에 숨어 전화기를 붙잡고 있었다.

이미 경찰에 신고했는지 바깥에서 사이렌 소리가 들려왔다.

"어머님, 괜찮으세요? 무슨 일입니까?"

손석민이 다급히 묻자 그제야 긴장이 풀린 박은영이 전화기를 내려놓았다.

"가, 갑자기 바깥에서 덜그럭거, 거리는 소리가 나서 창문으로 내다보니까……."

거기까지 말한 박은영이 왈칵 눈물을 쏟아냈다. 손석민이 아무 말도 하지 않고 살짝 박은영을 안았다.

그렇게 경찰이 문을 두드릴 때까지 손석민이 박은영을 다독였다.

경찰이 돌아가고 손석민이 단호한 어조로 말했다.

"간단히 짐 챙겨서 오늘은 저희 집으로 가서 주무세요. 우민이한테는 제가 말하겠습니다."

아직 두려움의 여파가 남아 있는지 박은영이 말을 더듬었다.

"괘, 괜찮아요. 이만 돌아가셔도 됩니다. 우, 우민이에게도 말하지 말아주세요. 괜한 걱정 끼치고 싶지 않아요."

"이런 일이 있었는데 어떻게 말을 안 합니까. 아니면 민아네 집에서 하루 신세 지세요."

얼마 전 우민으로부터 전해 들은 말 때문에 유민아의 집으로 가는 것도 박은영은 껄끄러웠다.

"확실하게 관계를 정리했어. 그러니까 엄마도 선을 지켜줘."

우민의 부탁이 얼마 전 일이다. 지금 찾아가는 건 서로에게 좋지 않았다.

고민을 하던 박은영이 조심스레 말을 꺼냈다.

"그, 그럼 사장님 댁에서 하루 신세 질게요."

"알겠습니다. 그렇게 하세요."

손석민은 바로 박은영을 데리고 집으로 돌아왔다. 다음 날 소식을 전해 들은 우민이 학교를 조퇴하고 손석민의 집으로 찾아왔다.

집으로 들어오자마자 큰 소리로 박은영을 찾았다.

"엄마! 엄마!"

우민은 주방에서 앞치마를 한 박은영을 보자마자 달려가 힘주어 안았다.

"괜찮아? 어디 다친 데는? 도대체 어떤 새끼들이야!"

우민은 거친 반응에 박은영이 오히려 괜찮다며 우민을 다독였다.

"정말 괜찮다니까. 엄마 다친 데 없어. 밥은 먹고 온 거야?"

오히려 자신을 걱정하는 모습에 왈칵 눈물이 쏟아지려 했다. 이역만리 타국까지 와서 이 무슨 수난이란 말인가. 우민은 이곳으로 오며 생각했던 바를 이야기했다.

"엄마, 엄마는 한국으로 돌아가자. 여기는 너무 위험해."

"뭐? 너 혼자 두고 어딜 가. 엄마 안 가."

"여기는 아저씨도 계시고 또 나는 기숙사에 있으니까 안전해. 그런데 엄마는 아니잖아."

"우민아, 엄마는 정말 괜찮다니까. 정 그러면 여기 사장님이랑 같이 생활해도 되고."

말을 듣던 우민이 질끈 입술을 깨물었다. 혹여 자신이 모르는 사이에 관계가 진전된 것일까?

그렇다고 해도 이곳 미국은 안 된다.

"내가 엄마의 연애 생활까지 간섭하는 건 아니지만 그래도 미국은 안 돼."

당황한 손석민이 황급히 나섰다.

"우, 우민아. 오해다. 그런 사이 아니야."

박은영도 손사래를 치며 변명했다.

"그래, 사장님이랑은 그런 거 아니야. 네가 너무 걱정하니까

한 말이야."

"뭐, 엄마가 그러면 그런 거겠지. 내 말은 그런 뜻이 아니라 여기는 너무 위험해."

박은영이 어리둥절해하며 말했다.

"위험하다니. 미국이 얼마나 선진국인데."

"선진국일지는 몰라도, 안전한 거로 따지면 세계에서 10위권에도 들지 못해. 당장 구글에서 안전한 나라 순위로 쳐보면 나오는 내용이야. 거기다……."

말을 하던 우민이 잠시 뜸을 들였다. 괜히 말해서 긁어 부스럼을 만드는 건 아닌지 걱정스러웠다.

그러나 이내 결심을 마치고 말을 이었다.

"어제 회사에서 작업하고 있는데 밖에 있는 시위대 중에 '총'을 들고 있는 사람들도 간혹 보였어. 진짜 총 말이야."

"뭐?"

우민의 말에 손석민도, 박은영도 놀라 입을 다물지 못했다. 총기 자유의 나라.

그러나 아직 한 번도 실물을 본 적은 없었다.

"진짜 총이었어요. 더구나 어제는 괴한까지 집에 침입했다면서? 그냥 먼저 한국에 들어가 있어. 나도 학교만 마치면 바로 들어갈 테니까."

'총'이라는 단어가 주는 위압감 때문인지 박은영도 쉽사리 대답하지 못하고 망설였다.

정말 한국으로 돌아가야 하나. 그러면 하나뿐인 아들 우민이는?

"너는? 너는 어쩌려고."

"나야 어차피 기숙사 생활하니까. 그리고 말했듯이 졸업하면 한국으로 돌아갈 거야. 굳이 여기 대학 다닐 필요도 없을 것 같아. 미국 문화를 배우기 위해 왔는데… 이제 어느 정도 알 것 같기도 하고."

손석민이 조심스럽게 말을 꺼냈다.

"어머님, 우민이 말대로 하는 게 좋을 것 같습니다. 기숙사 생활을 하니 안전은 보장될 테고, 이제 돈도 충분히 벌어서 우민이가 돈 때문에 글 쓰지 않아도 되는 상황이니까요."

한국에 사놓은 5층짜리 다세대 주택.

그 밖에도 손석민의 주도하에 각종 펀드, 적금, 예금 등에 들어가 있는 현금만 해도 50억이 넘는다.

이제 돈 걱정은 하지 않아도 되는 것이다.

"우민아. 너도 한국으로 곧 올 거지?"

"그렇다니까. 이제 졸업까지 몇 년 남지도 않았어. 졸업만 하면 일단 다시 한국으로 들어갈 거야. 이곳에서 대학 다닐 생각 없어."

우민이 다시 한번 강조하자. 박은영이 천천히 고개를 끄덕였다. 갑작스러운 괴한의 침입, 우민이 말한 '총'이라는 단어 등이 박은영의 마음을 귀국 쪽으로 기울게 만들었다.

"그, 그럼 그렇게 하자."

"아저씨, 바로 절차 밟아주세요."

고개를 끄덕인 손석민이 바로 어딘가로 전화를 걸었다. 우민은 식탁에 앉아 마지막이 될지도 모르는 박은영이 준비한 식사를 시작했다.

*　　　*　　　*

식사를 마치고 집으로 돌아가는 길.

우민의 머릿속이 복잡해졌다.

"아무리 생각해 봐도 그 일밖에는 없어."

자신이 작가로 활동하고 있는 드라마, 그리고 시위대. 갑자기 출현한 괴한.

결국 자신이 쓰고 있는 글을 싫어하는 쪽에서 저지른 일이라는 생각밖에 들지 않았다.

우민이 서둘러 박은영을 한국으로 돌려보내려는 이유이기도 했다.

앞으로 또 어떤 일이 닥칠지 몰랐다.

"개자식들……."

아무리 생각해도 분이 가시질 않았다. 'Go Away'라고 적혀 있었다는 말은 곧 '백인 우월 단체' 소속이거나 그러한 사상을 지지하는 자들의 소행일 것이다.

"이대로 있는 건 성미에 맞지 않아."

결심한 듯 우민이 전화기를 들었다. 그곳에는 지금껏 미국 생활을 하며 쌓아왔던 사람들의 전화번호가 차곡히 쌓여 있었다.

* * *

학교로 돌아온 우민은 정신없이 어딘가로 연락을 취하고, 때때로는 컴퓨터 앞에 앉아 글을 썼다.

잔뜩 일그러진 얼굴에, 눈에서는 레이저가 쏘아져 나올 것만 같았다.

활활 불이 타오르는 것 같은 기세에 카타리나도 쉽사리 말을 붙이지 못했다.

머뭇거리며 다가오지 못하고 있는 카타리나에게 우민이 먼저 물었다.

"혹시 이번 주말에 아버님 바쁘시니?"

"어?"

"이런 부탁하는 게 좀 어이없다고 생각될지도 모르겠는

데… 주말에 집회를 할 건데 참석해 주셨으면 해서."

카타리나가 두 눈을 동그랗게 떴다. 집회? 그런데 아버지께 참석해 달라고?

"집회? 무슨 집회?"

"너도 알잖아. 회사 앞에서 백인 우월주의자들이 매일같이 시위하고 있는 거. 거기서 반대 시위를 해볼 생각이야."

"우민아, 그건 너무……."

"아무리 생각해 봐도 그놈들 짓이라는 생각밖에는 들지 않아. 우월 의식 투철한 그놈들 중 한 명이겠지."

"경찰이 범인을 쫓고 있으니까 곧 붙잡힐 거야. 네가 나서지 않아도 돼. 그런 일은 경찰에게 맡겨둬."

"너와 말다툼하고 싶지 않다. 혹시 시간이 되면 아버지께 말씀 한번 드려봐 줘. 안 되면 할 수 없고."

말을 하던 우민이 전송 버튼을 클릭했다. 메일을 보낸 우민은 거기서 그치지 않고 약속이 있는지 기숙사를 나와 이리저리 사람들을 만나고 다녔다.

카타리나도 우민이 누굴 만나서 무슨 이야기를 하고 다니는지 알 수 없을 정도로 우민은 바쁘게 움직였다.

*　　*　　*

맥주로 목을 축이던 노아가 라일리에게 물었다.

"우민이 LA로 와달라고 연락이 왔어."

"글을 쓰다가 막혔대? 갑자기 무슨 일인데?"

"시위를 하고 싶대."

놀란 라일리가 마시던 맥주잔을 내려놓았다. 목을 앞으로 쭉 빼며 물었다.

"시위? 자세히 말해보게."

"근래 LA 쪽에서 백인 우월주의자들이 시위한다는 소식 들었나?"

"당연하지. 어떻게 그런 사고방식을 하는 놈들이 생기는 건지 이해가 되지 않을 뿐이야."

노아가 들고 있던 맥주를 마저 마셨다.

"그 반대편에서 반대 시위를 하고 싶다고, 와서 힘이 되어달라네."

말을 듣자마자 라일리가 자리에서 일어났다.

"그럼 뭐 하고 있나, 어서 자리에서 일어나지 않고."

여전히 자리에 앉아 있던 노아가 어색하게 웃어 보였다.

"우리 둘 말고도 아는 사람 있으면 전부 데려와 줬으면 좋겠다고 해서, 유명하면 유명할수록 좋대."

"…어?"

"자네 아는 사람 좀 있나?"

라일리가 어색하게 웃어 보였다. 친한 사람이라… 그런 게 있었던가.

"나보다는 자네가 많지 않은가. 대학 교수까지 하는 사람이 잖나."

"일단 찾아봐야겠지……."

노아가 다 마신 맥주잔을 들어 마지막 한 방울까지 털어 넣었다.

사람을 모으는 일이 결코 쉽지 않을 것 같은 예감이 강하게 들었다.

*　　　　　*　　　　　*

'아프리카 아이들'을 통해 우민의 팬이 된 실리콘밸리의 소프트웨어 엔지니어 제이슨 스미스는 우민이 출판한 책은 두 권씩 가지고 있었다.

한 권은 소장용.

한 권은 독서용.

그 밖에 우민이 한국에서 출판한 판타지 소설이 있었다. 현재까지 나온 것이 25권.

25권 중 25권을 모두 소장하고 있었다.

가히 덕후 중의 최고봉은 양덕이라는 말이 왜 나왔는지 알 수 있을 정도였다.

기다리고 기다리던 'Indignation' 첫 방송도 아주 재미있게 본 참이었다.

혹시 새로운 소식이 올라온 것이 없나 우민의 SNS를 살피던 제이슨 스미스가 새롭게 올라온 글을 하나 읽어 내려갔다.

"응? 집회를 하는데 시간이 되는 팬은 참석해 줬으면 한다고?"

SNS에는 '백인 우월주의 반대 시위'에 대한 계획이 올라와 있었다. 시간이 되는 팬이라면 참석해 주길 바란다고, 간절히 부탁한다고 아주 간곡하게 표현되어 있었다.

—나에게도 '꿈'이 있었습니다.

—그리고 그 '꿈'을 이루었습니다.

—그러나 이제 '꿈'꿀 수 없는 세상이 되어가는 것 같아 무섭기까지 합니다.

—쫓아내고 배척하여 우리는 무엇을 얻을 수 있을까요?

우민이 SNS에 올린 글을 읽어 내려갈수록 마음이 움직였다. 마치 하늘이 내린 숙명처럼 느껴질 지경이었다.

"같은 생각을 지닌 친구들과 함께 와주었으면 좋겠다."

끝까지 읽어 내려간 제이슨이 혼잣말을 중얼거렸다.

"당연히 가야지! 어디 연락을 해볼까."

끼리끼리 모인다고 했던가. 제이슨의 주변에는 우민을 좋아하는 팬이 많았다.

그 친구들에게만 연락해도 꽤나 많은 인원이 될 것 같았다.

*　　　*　　　*

LA 고등학교 학생회장 앞으로 한 통의 메일이 도착했다.

〈학생 여러분에게 고함.〉

제목보다는 메일의 내용이 더 관심을 끌었다.

안녕하십니까. 저는 트렐로 스쿨에 재학 중인 '우민 리'입니다.

인사와 함께 간략한 약력이 소개되어 있었다. 출판한 소설만 해도 3권. 거기다 현재 최고의 인기를 구가하고 있는 드라마의 메인 작가까지.

메일을 읽어나가던 학생회장 토마스는 안색을 찌푸렸다가 때로는 킥킥거리며 웃었다가, 또 마지막에서는 안쓰러움에 눈물지었다.

한 통의 편지는 뇌를 거쳐 마음을 울리고, 심장을 때렸다. 도저히 가만히 있을 수 없게 만들었다.

당장이라도 뛰쳐나가고 싶은 욕구에 엉덩이가 들썩였다.

"하긴 말도 안 되는 일이 벌어지고 있긴 하지."

자신도 근자에 벌어지고 있는 일들이 영 마음에 들지 않던 참이었다.

폭주하는 대통령, 그에 따라 벌 떼처럼 일어나는 백인 우월주의자들의 인종차별 행보가 눈살을 찌푸리게 만들었다.

'우민 리'라는 친구가 보낸 편지가 생각만 하고 있는 일들에 대해 행동할 수 있는 계기를 만들어주었다.

편지를 끝까지 읽어 내려간 '토마스'는 핸드폰을 들었다. 편지의 마지막 'PS'에 추가되어 있는 당부.

〈최대한 많은 사람이 모일수록 힘은 배가 됩니다.〉

그 당부를 실천하기 위함이었다.

*　　　　*　　　　*

계획을 전해 들은 손석민이 재차 우민을 말렸다.

"그런다고 안 바뀐다니까. 어머님을 먼저 보낸 게 이러려고 그런 거야?"

"바뀝니다. 그리고 어머니를 먼저 보낸 건 위험해서 그런 거고요. 아저씨도 잘 아시잖아요."

"우민아, 여긴 미국이야. 한국이랑 달라."

"그 다른 곳에서 문화를 이해하고, 대중의 마음을 꿰뚫어 3개 작품을 모두 베스트셀러에 올린 게 접니다."

"……."

우민의 대답에 손석민이 꿀 먹은 벙어리가 되어 아무 말 하지 못했다. 우민은 당당하게 자신의 의견을 피력해 나갔다.

"이제는 드라마 각본까지 써서 넷링크 최고 히트작으로 만들었어요. 그런 제가 쓰는 연설문입니다. 사람들의 심금을 울려, 생각을 바꾸고, 행동으로 옮기게 하는 데는 충분하다고 생각해요."

우민이 말을 이어나갈수록 손석민은 할 말을 잃어갔다. 그러다 문득 깨달았다.

'하긴, 우민이 말대로 되지 않았던 일이 없구나…….'

미국으로 오기 전 박은영이 하던 카페에서 세계적인 작가가 되겠다고 말했다. 그리고 그 말 그대로 되었다.

손석민은 수긍할 수밖에 없었다.

"알았다… 네가 말한 대로 준비하마."

"돈은 얼마가 들어도 좋아요. 단, 제 목소리가 닿지 않는 곳이 없도록 만들어주세요."

손석민이 알았다며 고개를 끄덕였다. 우민은 몸을 돌려 다시 학교로 돌아갔다. 우민이 부탁한 일을 처리하기 위해 차에 탄 손석민도 바쁘게 움직였다.

* * *

넷링크 본사.

빌딩 밖은 이제 위험해 보이기까지 했다. 아론 톰슨이 잔뜩 안색을 찌푸린 채 중얼거렸다.

"이러다 사고라도 날까 무섭군."

"대통령도 암묵적으로 인정하는 분위기를 풍긴다고 하더군요. 세상이 미쳐 돌아가는 거지요."

"우려했던 상황이 그대로 벌어지고 있어요."

다행히 경찰들 덕분에 흉포한 기세의 시위대가 더 이상 전진하고 있진 못했다.

"그래도 저 시위대 덕분에 첫 방 시청률이 엄청납니다. 또다시 신기록 갱신이에요."

디렉터의 말에도 아론 톰슨의 안색은 어두웠다.

"인기가 있는 건 다행이지만……."

"왜요. 무슨 일 있으세요?"

"제가 아니라 우민 군 때문에요. 어머님 집에 괴한이 침입해서 '집으로 꺼지라'고 했다더군요."

디렉터가 놀라 눈을 끔벅거렸다. 더 자세히 말해보라며 아론 톰슨을 재촉했다.

"경찰에 신고하니까 도망갔다고 하더군요. 누군지 알 수는 없었다고… 그래서 어머니는 먼저 한국으로 출국 조치했다고 연락이 왔었습니다."

디렉터가 걱정스럽게 중얼거렸다.

"흠… 이거 다음 시즌도 계약해야 하는데… 걱정이네요."

듣고 있던 아론 톰슨이 순간 울컥하며 뒷목을 부여잡았다. 그러나 자신이 느낀 불쾌함을 굳이 표현하지는 않았다.

창밖을 보고 있던 아론 톰슨의 시선이 시위대의 반대편 쪽으로 움직였다.

"지금 그걸 걱정할 때가 아닌 것 같습니다만……."

반대편에서 한눈에 봐도 앳돼 보이는 일련의 학생들이 피켓을 들고 모습을 드러냈다.

NOT MY PRESIDENT!

NO Racism NO Fascism!

다양한 문구의 피켓을 든 시위대가 모습을 드러냈다. 시위대 행진의 가장 선두에 우민이 있었다.

옆에 있던 노아 테일러가 물었다.

"정말 이대로 계속 갈 생각인 거냐? 이대로면 충돌하는 건 불 보듯 뻔한 일이다."

"네. 충돌하려고 가는 겁니다."

함께 자리를 지키던 라일리도 걱정을 금치 못했다.

"저놈들은 무슨 짓을 저지를지 몰라. 너무 위험하다. 그냥 이 정도 거리를 지키는 게 좋을 거라 보는데……."

"그저 존재감을 주기 위해 시작한 일이 아닙니다. 시작했으면 끝을 봐야죠."

우민은 멈추지 않고 전진했다. 가장 선두에 있는 우민이 전진하자 뒤따르는 학생, 작가, 우민의 팬들도 묵묵히 그 뒤를 따랐다.

모두 우민이 보낸 편지나 SNS, 또는 부탁에 나온 사람들이었다. 그런 사람들이 수백 명.

그저 함께 거리를 걷자고 끌어모은 숫자가 아니다.

"코앞까지 갈 겁니다. 앞까지 가서 꼭 해주고 싶은 이야기가 있어요."

우민은 두 눈을 부릅뜨고 힘을 주었다. 예전에 봤던 '총' 때문에 살짝 두렵기도 했지만 결코 걸음을 멈추지는 않았다.

STOP RACISM NOW!

NOT MY PRESIDENT!

한 걸음씩 전진하던 우민은 '백인 우월주의자'들이 한창 목소리를 높이고 있는 코앞까지 다가갔다.

온갖 욕설에서부터, 폭언을 해대며 우민 일행을 위협적으로 노려보았다. 서로의 숨소리까지는 아니지만 목소리는 충분히 전달되는 거리였다. 금방이라도 치고받고 싸울 것처럼 서로를 보며 으르렁거렸다.

그나마 우민의 어려 보이는 외모 때문인지 아직 직접적으로 위해를 가하지는 않았다.

그러나 일촉즉발의 상황임은 분명했다.

경찰들도 긴장한 눈빛으로 양측을 바라보았다. 전진을 하던 우민이 멈춰 서서 무전기에 대고 말했다.

"아저씨, 준비해 주세요."

우민의 지시에 준비하고 있던 손석민이 신호를 보내자 트럭에 실린 대형 스피커가 속속들이 모습을 드러냈다.

그렇게 준비된 스피커만 수십 개.

마이크를 넘겨받은 우민이 가슴팍에서 준비해 온 연설문을 꺼내 들었다.

—아, 아. 마이크 테스트.

스피커에서 시작된 진동이 시위대를 휩쓸었다. 물리적인 진동에 몸이 떨릴 정도였다.

—안녕하십니까. 저는 여러분들이 극도로 싫어하는 드라마의 대본을 써온 이우민이라고 합니다.

우민이 본격적으로 준비해 온 연설문을 읽어 내려갔다. 수십 대의 스피커에서 우민의 연설문이 마치 폭포수처럼 흘러나와 그 자리에 있는 사람들의 귀를 때렸다.

『재벌 작가』 4권에 계속…